세마리 토끼 잡는 독서논술

B3
초2~초3

저자: 지에밥 창작연구소_

'지에밥'은 '찐 밥'이라는 뜻을 가진 순우리말로, 감주·막걸리·인절미 등 각종 음식의 재료를 뜻합니다.
'지에밥 창작연구소'는 차지고 윤기 나는 밥을 짓는 어머니의 정성처럼 좋은 내용으로 세상 모든 사람들에게
넉넉하게 쓰일 수 있는 지혜를 선물하고 싶습니다.

이 책을 쓴 지에밥 연구원들_

강영주(지에밥 창작연구소 소장, 빨간펜 논술, 기탄 국어 등 기획 개발), 김경선(동화작가 및 기획 편집자),
김혜란(동화작가, 아동문학가협회 회원), 왕입분(동화작가 및 기획 편집자), 우현옥(동화작가), 이현정(동화작가),
이혜수(기획 편집자), 이현정(동화작가 및 기획 편집자), 정성란(동화작가), 조은정(동화작가 및 기획 편집자),
최성옥(기획 편집자), 한현주(동화작가), 한화주(동화작가), 홍기운(동화작가 및 기획 편집자)

이 책을 감수한 선생님들_

권영민(서울대학교 국어국문학과 교수), 홍준의(서원대학교 과학교육과 교수),
김병구(숙명여자대학교 의사소통센터 교수), 문영진(전북대학교 국어교육과 교수), 조현일(원광대학교 국어교육과 교수),
김건우(대전대학교 국어국문학과 교수), 유호종(서울대학교 철학박사), 구자송(상암고등학교 국어 교사),
김영근(서울과학고등학교 국어 교사), 최영환(여의도고등학교 국어 교사), 구자관(한성과학고등학교 국어 교사),
윤성원(한성과학고등학교 국어 교사), 장원영(세화고등학교 역사 교사), 박영희(대왕중학교 과학 교사),
심선희(서울고등학교 과학 교사), 한문정(숙명여자고등학교 과학 교사)

세 마리 토끼 잡는 독서 논술 B3권

펴낸날 2020년 5월 10일 개정판 제4쇄
지은이 지에밥 창작연구소 | **연구원** 김지연, 조은정, 이자원, 차혜원 | **펴낸이** 주민홍 | **펴낸곳** ㈜NE능률 | **디자인** framewalk | **삽화** 김석류(표지, 캐릭터)
영업 한기영, 주성탁, 박인규, 장순용 | **마케팅** 박혜선, 고유진, 김상민 | **주소** 서울특별시 마포구 월드컵북로 396(상암동) 누리꿈스퀘어 비즈니스타워
10층(우편번호 03925) | **전화** (02)2014-7114 | **팩스** (02)3142-0356 | **홈페이지** www.nebooks.co.kr | **출판등록** 제1-68호
ISBN 979-11-253-3084-4 | 979-11-253-3112-4 (set)

펴낸날 2012년 3월 1일 1판 1쇄
기획 개발 지에밥 창작연구소 | **디자인 기획 진행** 고정선 | **디자인** 유정아, 박지인, 이가영, 김지희 | **삽화** 오유선, 안준석, 정현정, 윤은하, 김민석, 윤찬진, 정효빈,
김승민

제조년월 2020년 5월 **제조사명** ㈜NE능률 **제조국** 대한민국 **사용 연령** 9~10세

〈세 마리 토끼 잡는 독서 논술〉을 펴내며

하루하루 성장하는
내 아이의 모습을 확인하길 바라며

프랑스의 유명한 정신 분석학자이자 철학자인 라캉은 인간이 성장한다는 것은 '상징계'에 편입되는 것이라고 말했습니다. 그가 말한 상징계란 '언어를 매개로 소통하는 체계'를 의미하는데, 우리가 살아가는 세상 혹은 사회가 바로 그것입니다. 결국 한 아이가 태어나서 정신적으로 성장하는 아동기에서 가장 중요한 것은 언어로 소통하는 능력을 키우는 일입니다. 〈세 마리 토끼 잡는 독서 논술〉은 이와 같은 점에 주목하여 기획하고 구성하였습니다.

첫째, 문자 언어를 비롯하여 그림, 도표 등 다양한 상징체계를 이해하는 과정을 통해 통합적인 언어 이해력을 키울 수 있도록 하였습니다.

둘째, 텍스트 이해력뿐만 아니라 추론 능력, 구성(표현) 능력, 비판적 사고 능력 등을 통합적으로 길러서 여러 가지 문제를 해결하는 데 실질적으로 도움이 될 수 있도록 하였습니다.

셋째, 초등 교육과정의 핵심 내용과 밀접하게 연계되도록 설계하였습니다.

부모님보다 더 훌륭한 스승은 없습니다. 〈세 마리 토끼 잡는 독서 논술〉은 부모님 이외의 다른 어떤 선생님도 필요 없습니다. 이 학습 프로그램을 통해서 하루하루 성장하는 내 아이의 모습을 확인하는 기쁨을 누리시길 바랍니다.

세마리 토끼잡는 독서논술 이란?

어떤 책인가요?

하나의 주제와 관련된 다양한 글(동화, 시, 수필, 만화, 논설문, 설명문, 전기문 등)을 읽고 통합 교과적인 문제를 풀면서 감각적 언어 능력(작품의 이해와 감상)과 논리적 이해 능력(비문학의 구조, 추론, 적용 등), 국어 지식(어휘, 문법 등), 사회와 과학 내용 등을 통합적으로 익히는 독서 논술 프로그램 학습지입니다.

몇 단계, 몇 권인가요?

〈세 마리 토끼 잡는 독서 논술〉은 다음과 같이 총 5단계, 25권입니다.

단계	P단계	A단계	B단계	C단계	D단계
대상 학년	유아~초등 1년	초등 1년~2년	초등 2년~3년	초등 3년~4년	초등 5년~6년
권 수	5권	5권	5권	5권	5권

세 마리 토끼란?

'독서', '사고', '통합 교과'의 세 가지 영역을 말합니다. 즉, 한 권의 독서 논술 책으로 다양한 장르의 글을 읽을 수 있고, 논술 문제를 풀면서 사고력을 기를 수 있으며, 초등학교 주요 교과 내용과 연계된 문제를 풀면서 통합 교과 학습을 할 수 있습니다.

*각 단계에 맞게 초등학교의 주요 교과 내용을 주제로 정함.
*각 권의 주제와 관련된 글을 언어, 사회, 과학 등으로 나누어 읽을 수 있음.

하루에 세 장씩 꾸준히 학습하면 세 마리 토끼를 잡을 수 있어요.

*언어, 사회, 과학 등과 관련된 다양한 장르의 글을 읽고 논술 문제를 풀면서 생각하는 능력과 생각하는 폭을 확장할 수 있음.

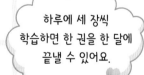

하루에 세 장씩 학습하면 한 권을 한 달에 끝낼 수 있어요.

*다양한 장르의 글을 읽고 초등학교 국어, 사회, 과학 등의 학습 내용과 관련된 문제를 풀면서 통합 교과 학습을 할 수 있음.

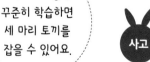

세마리 토끼잡는 독서논술 이런 점이 다릅니다

초등학교 교과 내용과 긴밀하게 연결되어 있습니다.

각 단계의 권별 내용과 문제는 그 단계에 맞는 학년의 주요 교과 내용과 긴밀하게 연결되어 교과 학습에 도움을 줍니다.

하나의 주제를 통합 교과적으로 접근합니다.

각 권마다 하나의 주제가 있고, 그 주제를 언어, 사회, 과학과 연결시켜서 사고를 확장할 수 있게 하였습니다. 그리고 여러 교과와 연계된 문제를 풀면서 통합 교과적인 사고를 할 수 있습니다.

다양한 서술·논술형 문제를 풀 수 있습니다.

매 페이지마다 통합 교과 논술 문제를 제시하여 생각하는 힘과 표현력을 키울 수 있는 것은 물론 학교 시험에서 강화되고 있는 서술·논술형 문제에 대비할 수 있습니다.

다양한 장르의 글을 접할 수 있습니다.

각 주제와 관련된 명작 동화, 창작 동화, 전래 동화, 설화, 설명문, 논설문, 수필, 시, 만화, 전기문 등 다양한 장르의 글을 읽으면서 각 장르의 특성을 체험하며 독서하는 습관을 기를 수 있습니다. 특히 현재 왕성하게 활동하고 있는 여러 동화 작가의 뛰어난 창작 동화가 20여 편 수록되어 있습니다.

수준 높은 그림을 많이 제시하여 흥미롭게 학습할 수 있습니다.

어린이들은 글과 그림이 조화를 이룬 책으로 공부할 때 학습 효과를 높일 수 있습니다. 또한 좋은 그림은 어린이들의 정서 발달에 도움을 줍니다. 이런 점을 생각하여 한 페이지를 넘길 때마다 수준 높은 그림을 제시하여 어린이들이 흥미롭게 학습할 수 있도록 하였습니다.

세 마리 토끼잡는 독서논술은 이렇게 구성되었습니다

독서 전 활동 생각 열기

★ 한 주의 학습을 시작하기 전에 주제와 관련된 사진이나 그림을 보고, 앞으로 학습할 내용에 대해 흥미를 가질 수 있도록 하였습니다.

★ '생각 톡톡'의 문제를 풀면서 주제에 대한 자신의 경험이나 평소 생각을 돌이켜 보며 앞으로 학습할 내용을 짐작할 수 있도록 하였습니다.

★ 통합 교과 활동과 이어질 교과서의 연계 교과를 보며 교과 내용을 참고할 수 있도록 하였습니다.

독서 중 활동 깊고 넓게 생각하기

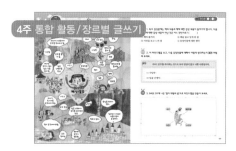

★ 한 권에 하나의 주제가 있고, 그 주제를 언어, 사회, 과학으로 나누어서 다양한 장르의 글을 읽으며 통합 교과 문제와 논술 문제를 풀 수 있도록 구성하였습니다.

★ 1주는 언어, 2주는 사회, 3주는 과학과 관련된 제재로 구성하였고, 4주는 초등 교과에서 다루고 있는 여러 가지 장르별 글쓰기(일기, 동시, 관찰 기록문, 기행문, 독서 감상문, 기사문, 논설문, 설명문, 희곡 등)와 명화 감상, 체험 학습 등의 통합 교과 활동으로 구성하였습니다.

독서 후 활동　생각 정리하기

되돌아봐요

★ 앞에서 읽은 글을 돌이켜 보면서 이야기의 흐름과 중심 생각을 파악하고, 더 나아가 자신의 생각을 발전시키는 문제를 풀 수 있도록 하였습니다. 이를 통해 한 주 동안 읽고 생각한 내용을 머릿속에서 차근차근 정리할 수 있습니다.

내가 할래요

★ 주제와 관련된 여러 가지 활동을 하며 한 주의 학습을 마무리할 수 있도록 하였습니다. 종이접기, 편지 쓰기, 그림 그리기 등 재미있는 활동을 하며 창의력과 상상력을 키울 수 있습니다.

★ 한 주의 학습이 끝난 다음 체크 리스트를 통해 학습한 주요 내용을 잘 이해하고 적용할 수 있는지 평가할 수 있습니다.

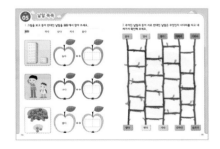

낱말 쏙쏙 (유아 P단계)

★ 한 주 동안 글을 읽으며 새로이 배운 낱말들을 그림과 더불어 살펴보고 익힐 수 있습니다.

궁금해요 (초등 A~D단계)

★ 한 주 동안 읽은 글이나 주제와 관련된 배경지식을 제공하여 앞에서 학습한 내용을 좀 더 깊이 이해할 수 있습니다.

세마리 토끼잡는 독서논술의 커리큘럼

단계	권	주제	제재			
			언어(1주)	사회(2주)	과학(3주)	통합 활동 장르별 글쓰기(4주)
P (유아 ~초1)	1	나의 몸 살피기	뾰족성의 거울 왕비	주먹이	구슬아, 어디로 가니?	몸 튼튼, 마음 튼튼
	2	예절 지키기	여우와 두루미	고양이가 달라졌어요	비비네 집으로 놀러 와!	안녕하세요?
	3	친구와 사귀기	하얀 토끼, 까만 토끼	오성과 한음	내 친구를 자랑합니다!	거꾸로 도깨비 나라
	4	상상의 즐거움	헤라클레스의 모험	용용 죽겠지?	나는야 좋은 바이러스	상상이 날개를 달았어요
	5	정리와 준비의 필요성	지우개야, 고마워!	소가 된 게으름뱅이	개미 때문에, 안 돼~!	색깔아, 모양아! 여기 모여라!
A (초1 ~초2)	1	스스로 하기	내가 해 볼래요!	탈무드로 알아보는 스스로 하는 힘	우리도 스스로 잘 살아요	일기를 써 봐요
	2	가족의 소중함	파랑새	곰이 된 아빠	동물들의 특별한 아기 기르기	편지를 써 봐요
	3	놀이의 즐거움	꼬부랑 할머니와 흰 눈썹 호랑이	한 번도 못 해 본 놀이	동물 친구들도 노는 게 좋대요	머리가 좋아지는 똑똑한 놀이
	4	계절의 멋	하늘 공주가 그린 사계절	눈의 여왕	나뭇잎을 관찰해요	동시를 써 봐요
	5	자연 보호	세모산 솔이	꿀벌 마야의 모험	파브르 곤충기 (송장벌레)	관찰 기록문을 써 봐요
B (초2 ~초3)	1	학교생활	사랑의 학교	섬마을 학교가 좋아졌어요	우리 반 사고뭉치 기동이	소개하는 글을 써 봐요
	2	호기심 과학	불개 이야기	시턴 "동물기" (위대한 통신 비둘기 아노스)	물을 훔쳐 간 범인을 찾아라!	안내하는 글을 써 봐요
	3	여행의 즐거움	하나의 빨간 모자	15소년 표류기	갯벌 탐사 여행	기행문을 써 봐요
	4	즐거운 책 읽기	행복한 왕자	멸치 대왕의 꿈	물의 여행	독서 감상문을 써 봐요
	5	박물관 나들이	민속 박물관에는 팡이가 산다	재미있는 세계 이야기 박물관	과학관으로 놀러 오세요	광고하는 글을 써 봐요

단계	권	주제	제재			
			언어(1주)	사회(2주)	과학(3주)	통합 활동 장르별 글쓰기(4주)
C (초3 ~초4)	1	교통의 발달	자동차의 왕, 헨리 포드	당나귀를 타려다가……	교통수단, 사람들 사이를 잇다	명화 속 교통수단
	2	날씨와 환경	그리스 로마 신화	북극 소년 피터	생활 속 과학	날씨와 생활
	3	나누며 사는 삶	마더 테레사	민들레 국숫집	지진과 화산	주장하는 글을 써 봐요
	4	지역의 자연환경	울산 바위의 유래	우리 마을이 최고야!	아름다운 우리 고장	우리 마을 지도를 그려 봐요
	5	지역의 문화	준치가 메기 된 날	강릉의 딸, 겨레의 어머니 신사임당	우리나라 풀꽃 이야기	지역 특산물을 소개해 봐요
D (초5 ~초6)	1	우리 역사	삼국유사	옛날 사람들은 어떻게 살았을까?	역사를 바꾼 겨레 과학	지붕 없는 박물관, 경주 역사 유적 지구
	2	문화재	반야산 불상의 전설	난중일기	우리 문화에 숨어 있는 과학	설명하는 글은 어떻게 쓸까요?
	3	경제생활	탈무드로 만나는 경제	나눔을 실천한 기업가 유일한	재미있는 확률 이야기	기사문은 어떻게 쓸까요?
	4	정보화 사회	컴퓨터 천재 빌 게이츠	봉수와 파발	컴퓨터와 인터넷 세상	연설문은 어떻게 쓸까요?
	5	세계와 우주	우주를 여행하는 과학자 스티븐 호킹	80일간의 세계 일주	별과 우주	희곡은 어떻게 쓸까요?

각 학년의 교과와 연계된 주제로 다양한 글을 읽을 수 있어요.

세 마리 토끼잡는 독서논술 이렇게 공부하세요

자신 있게 학습할 수 있는 단계를 선택하세요.

〈세 마리 토끼 잡는 독서 논술〉은 어린이 개인의 능력에 따라 단계를 선택하여 학습할 수 있는 교재입니다. 학년과 상관없이 자신이 자신 있게 학습할 수 있는 단계부터 선택하는 것이 중요합니다. 너무 어려운 단계나 너무 쉬운 단계를 선택하면 학습에 흥미를 잃을 수 있으므로 주의하세요.

한 주 동안 읽어야 할 독서 자료를 미리 읽으세요.

한 주 동안 읽어야 할 독서 자료를 미리 읽고 전체 내용을 파악한 다음, 매일 3장씩 읽고 문제를 푸는 것이 독서 학습을 하는 데 효과적입니다. 독서에는 흐름이 있습니다. 전체의 흐름을 미리 알고 세부적인 문제를 푸는 것이 사고력 확장에 도움이 됩니다.

매일 3장씩 꾸준히 공부하세요.

'가랑비에 옷이 젖는다.'라는 속담처럼 매일 꾸준히 3장씩 읽고, 생각하고, 표현하다 보면 독서, 사고, 통합 교과적 사고 능력이 성장한다는 것을 느낄 수 있을 것입니다. 그리고 매일 학습을 마친 뒤에는 '1일 학습 끝!' 붙임 딱지를 붙이면서 성취감을 느껴 보세요.

한 주 학습을 마친 후 자기 평가를 해 보세요.

한 주 학습이 끝난 다음에는 체크 리스트를 통해 학습한 내용을 얼마나 이해하고 적용할 수 있는지 스스로 평가해 보세요. 그래서 부족한 부분이 있다면 다시 한번 짚고 넘어가세요.

부모님과 깊이 있는 대화를 나누어 보세요.

한 주 동안 독서 자료를 읽고 문제를 풀면서 생각하고 표현해 보았다면, 그 주제에 대해 부모님과 이야기를 나누어 보세요. 주제에 대해 자신이 새롭게 알게 된 것이나 다르게 생각하게 된 것을 부모님과 이야기하다 보면 생각이 더욱 커진답니다.

한 주 학습표

일	월	화	수	목	금	토

★ 한 주 동안 읽어야 할 독서 자료 미리 읽기

★ 매일 3장씩 학습하기 → '1일 학습 끝!' 붙임 딱지 붙이기 → 한 주 학습이 끝나면 체크 리스트를 보며 평가하기

★ 부족한 부분 되짚기
★ 주요 내용 복습하기

세마리 토끼잡는 독서논술

B단계 3권

주제	주	제목	교과 연계 내용
여행의 즐거움	언어(1주)	하나의 빨간 모자	[국어 1-1] 알맞은 낱말을 넣어 문장 만들기
			[국어 3-2] 인상 깊은 경험으로 글쓰기 / 차례대로 내용 간추리기 / 인물의 말과 행동 생각하며 읽기
			[과학 3-1] 동물의 한살이 알기
			[통합교과 여름1] 가족의 의미와 소중함 알기
	사회(2주)	15소년 표류기	[국어 2-1] 인물의 마음 상상하며 읽기
			[국어 3-1] 일이 일어난 까닭 알기 / 글을 읽고 의견 파악하기 / 글을 읽고 내용 간추리기
			[사회 4-2] 우리 생활에 꼭 필요한 것 알기
			[통합교과 봄1] 친구와 사이좋게 지내기
			[통합교과 겨울2] 다른 나라에 관심 갖기
	과학(3주)	갯벌 탐사 여행	[국어 3-1] 일이 일어난 까닭 알기 / 글을 읽고 의견 파악하기 / 글을 읽고 내용 간추리기
			[국어 3-2] 인상 깊은 경험으로 글쓰기
			[사회 3-2] 환경에 따라 다른 삶의 모습 알기
			[사회 4-2] 촌락의 특징 알기
			[과학 3-1] 동물의 한살이 알기
			[과학 3-2] 바닷가 주변의 모습 알기
			[통합교과 봄1] 생명의 소중함 알기
			[통합교과 여름2] 여름과 관련 있는 동식물 알기
	장르별 글쓰기 (4주)	기행문을 써 봐요	[국어 2-2] 겪은 일을 시나 노래로 표현하기
			[국어 3-2] 인상 깊은 경험으로 글쓰기
			[국어 5-1] 견문과 감상이 잘 드러나게 기행문 쓰기
			[사회 3-1] 우리 고장의 위치와 모습 이해하기
			[사회 4-1] 지역을 대표하는 문화유산 알기

하나의 빨간 모자

생각톡톡 늑대를 만난 여자아이의 마음은 어떠할지 써 보세요.

관련교과 [국어 3-2] 차례대로 내용 간추리기 / 인물의 말과 행동 생각하며 읽기
[과학 3-1] 동물의 한살이 알기

하나의 빨간 모자

하나는 엄마와 함께 백화점에 갔어요. 아빠의 생신 선물을 사려고요.

"엄마, 아빠 선물 빨리 사고 학예회 때 쓸 제 모자도 사 주세요."

하나가 엄마의 팔을 흔들면서 졸랐어요.

"알았어. 하지만 아빠 선물을 먼저 골라야 하니 조금만 기다려 줄래?"

"네."

하나는 엄마의 말에 시무룩해져서 조용히 엄마 뒤를 따라다녔어요.

'아이참, 엄마는 언제까지 아빠 선물만 고르실 거지?'

엄마가 백화점 여기저기를 둘러보는 동안 심심해진 하나는 점점 한눈을 팔았어요. 그러다 빨간 모자를 쓴 마네킹을 보았지요.

"우아, 빨간 모자다. 학예회 할 때 쓰면 정말 예쁘겠다."

하나는 빨간 모자를 쓴 마네킹 앞에 멈춰 서서 떠날 줄을 몰랐어요. 마네킹이 쓴 빨간 모자가 무척 마음에 들었거든요.

＊ 한눈: 볼 데를 보지 아니하고 딴 데를 보는 눈.

12

1. 하나가 엄마와 함께 간 백화점의 모습으로 알맞은 것에 ○표 하세요.

(1)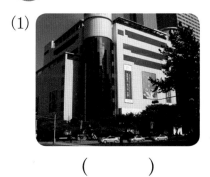

(   )

(2)

(   )

(3)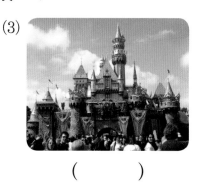

(   )

2. 우리가 생활하는 데 꼭 필요한 것으로 '의식주'가 있습니다. 다음 중 의생활과 관련 있는 것이 <u>아닌</u> 것은 무엇인가요? (   )

①

②

③

④

3. 마네킹은 의류를 파는 가게에서 의류를 선전하기 위하여 옷이나 모자 등을 입혀 놓는 사람 모형입니다. 여러분이 마네킹에게 옷과 모자를 입히고 선전한다면 어떤 것을 입히고 싶은지 그려 보세요.

"꼬마야, 이 모자가 마음에 드니?"

마네킹이 쓰고 있는 빨간 모자에서 눈을 떼지 못하고 있는 하나에게 가게 안에 있던 점원 언니가 웃으며 물었어요.

"네, 엄마가 오시면 저 모자 사 달라고 할 거예요."

점원 언니는 하나에게 빨간 모자를 씌워 주며 엄마가 어디에 있는지 물어보았어요. 아마도 하나가 엄마를 잃어버린 줄 알았나 봐요.

하나는 빨간 모자를 쓰고 거울 앞에서 빙글빙글 돌기도 하고, 몸도 이리저리 움직여 보았어요. 그사이 점원 언니는 하나의 엄마를 찾는 방송을 했지요.

"엄마가 곧 오실 테니 조금만 기다리렴."

"네, 고맙습니다."

하나는 거울 앞에 있는 의자에 앉아 엄마가 오기를 기다렸어요. 그러면서도 계속 거울 속에 비친 자기 모습을 행복하게 바라보았지요.

언어 1. 하나가 빨간 모자를 쓰고 거울 앞에서 어떻게 돌았는지 알맞은 그림에 ◯표 하세요.

(1)

데굴데굴 (   )

(2)

빙글빙글 (   )

(3)

비틀비틀 (   )

 과학 탐구 2 하나는 보기 처럼 모자를 쓰고 거울을 보았습니다. 거울에 비친 하나의 모습으로 옳은 것은 어느 것인가요? (   )

보기

①

②

논술 3. 하나는 빨간 모자를 학예회 때에 쓸 거라고 했습니다. 하나가 학예회에서 이 모자를 쓰고 무엇을 할지 상상하여 써 보세요.

난 학예회에서 이 모자를 쓰고 ....

....

....

빨간 모자를 쓴 하나는 엄마 심부름으로 혼자 할머니 집에 가고 있었어요.

"할머니 댁에 가는 길에 무서운 늑대를 만날지 모르니 조심해야 한다."

하나는 엄마가 한 말을 떠올리며 빠르게 걸었으나, 숲 한가운데에서 늑대와 딱 마주쳤지요. 하나는 무서워서 몸을 덜덜 떨었어요.

"에구구, 떨지 마라. 빨간 모자야, 난 너를 해치지 않을 거야."

늑대는 부드러운 목소리로 하나를 안심시켰어요.

"정말요? 그런데 늑대 아저씨는 왜 저를 빨간 모자라고 부르세요?"

늑대의 말에 안심한 하나가 늑대에게 물었어요.

"아주 오래전에 너와 비슷하게 생긴 아이를 본 적이 있단다. 사냥꾼에게 쫓기느라 며칠째 굶었더니 기운이 없구나, 먹을 것이 있으면 좀 다오."

늑대는 뱃살이 축 늘어지고 이빨도 날카롭지 않았어요. 하나는 볼품없이 늙고 지친 늑대가 불쌍했어요.

※ **볼품없이**: 겉으로 드러나 보이는 모습이 초라하게.

언어 **1.** 다음은 동화 "빨간 모자"의 줄거리입니다. ㉠, ㉡에 들어갈 알맞은 낱말을 이 글에서 찾아 쓰세요.

누구에게나 사랑받는 '㉠ □□□□'라는 여자아이가 엄마 심부름으로 할머니 집에 갑니다. 늑대를 조심하라는 엄마의 말을 안 듣고 제멋대로 행동하던 빨간 모자는 결국 ㉡ □□의 꾐에 넘어가 할머니와 함께 늑대의 먹잇감이 되지만 사냥꾼의 도움으로 되살아납니다.

㉠ [　　　　　] ㉡ [　　　　　]

언어 **2.** 하나는 볼품없이 늙고 지친 늑대가 불쌍했습니다. 다음 중 '불쌍하다'와 뜻이 비슷한말을 찾아 ◯표 하세요.

밉다	나쁘다	어렵다
괴롭다	가엾다	짜증나다

논술 **3.** 하나는 엄마 심부름을 했습니다. 이처럼 여러분이 부모님을 도울 수 있는 일은 어떤 일이 있을지 보기 처럼 두 가지 이상 써 보세요.

보기 • 아빠의 어깨를 주물러 드립니다. • 동생과 사이좋게 놉니다.

"할머니, 안녕하세요. 하나 왔어요."

"아이고, 어서 오너라! 우리 아가."

할머니는 하나를 반갑게 맞이하다가 하나 옆에 있는 늑대를 보고 깜짝 놀랐어요. 그러더니 바로 늑대에게 큰 소리로 호통을 쳤어요.

"이 못된 늑대, 하나를 꾀어 우리 둘을 한꺼번에 잡아먹으려고 왔구나."

"아니에요, 할머니. 늑대 아저씨가 배고프다고 해서 제가 모시고 왔어요."

할머니는 하나와 늑대를 번갈아 보며 한참을 곰곰 생각하다가 말했어요.

"쯧쯧, 아무리 무서운 짐승이지만 굶어 죽게 할 순 없지. 들어오너라."

"할머니, 고맙습니다."

감사의 인사를 하는 늑대에게 할머니는 따뜻한 수프를 끓여 주었어요. 늑대는 허겁지겁 수프를 들이마셨어요. 하나와 할머니는 늑대가 수프를 먹는 모습을 눈이 휘둥그레져서 바라보았어요.

※ **호통**: 몹시 화가 나서 크게 소리 지르거나 꾸짖음.

언어 1. 할머니는 왜 하나와 함께 온 늑대를 보고 깜짝 놀랐나요? (　　　)

① 하나가 늑대를 잡아 온 줄 알고

② 늑대가 사냥꾼을 잡으러 온 줄 알고

③ 하나가 늑대를 선물로 가져온 줄 알고

④ 늑대가 하나와 할머니를 잡아먹으려는 줄 알고

과학탐구 2. 늑대는 새끼를 낳아서 젖을 먹여 기르는 동물입니다. 다음 중 새끼를 낳는 동물이 <u>아닌</u> 것은 어느 것인가요? (　　　)

①  ②  ③  ④

논술 3. 할머니는 배고픈 늑대에게 따뜻한 수프를 주었습니다. 여러분이 할머니라면 배고픈 늑대에게 어떻게 했을지 말풍선에 써 보세요.

제발 먹을 것 좀 주세요.

"늑대 아저씨, 사냥을 하면 먹이를 쉽게 구할 텐데 왜 굶고 다니세요?"

"내가 아주 오래전에 한 여자아이를 잡아먹으려다가 혼쭐이 난 적이 있어. 그 뒤로 사냥을 하지 않고 나무의 열매나 죽은 동물들을 먹다 보니, 요즘은 굶기 일쑤란다."

그 순간 하나는 아주 오래전에 늑대가 만났다던 여자아이가 바로 할머니라는 걸 알아챘어요. 언젠가 엄마로부터 할머니가 못된 늑대의 꾐에 빠져 죽을 뻔했다가 사냥꾼의 도움으로 살아났다는 얘기를 들은 적이 있거든요. 할머니는 늑대의 모습이 많이 달라져서 그 사실을 알지 못했어요.

그때, 밖에서 말발굽 소리가 딸가닥딸가닥 시끄럽게 들려왔어요.

"헉, 사냥꾼이 여기까지 쫓아왔나 봐."

"늑대 아저씨, 얼른 도망치세요. 사냥꾼은 제가 막을게요."

하나의 말에 늑대는 재빨리 뒷문으로 도망쳤어요.

1. 다음 그림은 혼쭐이 나고 있는 늑대의 모습입니다. '혼쭐이 나다'가 알맞게 쓰인 문장은 어느 것인가요? (   )

① 책이 재미있어서 혼쭐이 났습니다.
② 밥이 맛이 있어서 혼쭐이 났습니다.
③ 차 안에서 배가 아파 혼쭐이 났습니다.
④ 선생님의 칭찬을 듣고 기분이 너무 좋아서 혼쭐이 났습니다.

 2. 이 글의 내용과 맞는 것은 무엇인가요? (   )

① 하나와 함께 있는 늑대는 원래 사냥을 하지 못합니다.
② 하나와 함께 있는 늑대는 오래전에 할머니를 잡아먹으려고 했습니다.
③ 할머니는 자기를 잡아먹으려고 했던 늑대의 모습을 보자 불쌍했습니다.
④ 늑대는 자기가 잡아먹으려고 했던 할머니가 수프를 주자 고마웠습니다.

3. 만약에 할머니가 늑대를 처음 본 순간부터 오래전에 자기를 잡아먹으려고 했던 늑대라는 것을 알았다면 어떻게 되었을까요? 다음 문장과 어울리는 내용을 이어서 써 보세요.

"넌, 그때 그 늑대? 우리 집에서 썩 나가거라."

늑대를 도망치게 한 하나는 창문 밖으로 머리를 내밀었어요. 말을 탄 사람이 집 쪽으로 오고 있었지요. 가까이에서 보니 사냥꾼은 잘생긴 왕자였어요.

"꼬마야, 혹시 이곳으로 늑대 한 마리가 지나가지 않았니?"

"아뇨, 못 봤어요."

하나는 늑대가 어디로 갔는지 말하지 않았어요. 비록 왕자에게 거짓말을 했지만 늑대가 잡히는 것이 싫었거든요.

"에잇, 잡을 수 있었는데 아쉽다. 꼬마야, 이 근처에 아름다운 공주가 마법에 걸려서 잠을 자고 있는 궁전이 있다고 하던데 어딘지 아니?"

왕자가 말하는 공주는 "잠자는 숲속의 공주" 같았어요.

"아뇨, 몰라요. 공주님을 찾으러 가신다면 저도 데려가 주실래요?"

"좋아, 같이 가자."

하나는 할머니에게 허락을 받고 잠자는 숲속의 공주를 찾으러 갔어요.

언어 1. 동화 "잠자는 숲속의 공주"는 어떤 내용일까요? 빈칸에 알맞은 말을 이 글에서 찾아 쓰세요.

나쁜 요정의 ㉠ ⬚⬚ 에 걸려 ㉡ ⬚⬚ 에서 100년 동안 잠들게 된 ㉢ ⬚⬚ 가 왕자의 입맞춤으로 잠에서 깨어난다는 이야기입니다.

㉠ ⬚⬚⬚ ㉡ ⬚⬚⬚ ㉢ ⬚⬚⬚

언어 2. 하나는 왕자에게 다음과 같이 말했습니다. 이 말을 친구에게 하는 말로 바꾸어서 빈칸에 쓰세요.

저도 데려가 주실래요?

논술 3. 늑대를 구해 준 하나의 거짓말은 착한 마음으로 한 거짓말입니다. 여러분도 이러한 거짓말을 한 적이 있나요? 언제, 무엇 때문에 했는지 써 보세요.

　왕자와 함께 말을 타고 한참을 가다 보니 가시덤불에 뒤덮인 궁전이 보였어요.
하나가 동화책에서 보았던 바로 그 궁전의 모습이었지요.

　"왕자님, 저 안에 잠자는 숲속의 공주님이 있을 거예요."

　왕자는 길고 높은 계단을 올라갔어요. 그리고는 커다란 문을 힘차게 열고 궁
전 안으로 들어갔어요. 하나도 떨리는 마음으로 조심조심 따라갔어요.

　여러 개의 문을 지나자 투명한 유리관 속에 누워 있는 공주가 보였어요.

　"오, 아름다운 공주님. 잠에서 깨어 나의 사랑을 받아 주세요."

　왕자가 유리관 옆에서 무릎을 꿇고 말하자, 하나가 웃으며 알려 주었어요.

　"왕자님, 공주님에게 입을 맞춰야 마법이 풀려요."

　"그래? 마법을 푸는 방법을 네가 알고 있다니 다행이구나."

　왕자는 유리관의 뚜껑을 열고 공주에게 입맞춤을 하고는 공주가 잠에서 깨어
나기를 간절히 바랐어요.

※ **가시덤불**: 가시나무의 넝쿨이 어수선하게 엉클어진 수풀.

 1. 잠자는 숲속의 공주님이 있던 궁전의 모습은 다음 중 어느 것인가요?

(   )

 ①  ②  ③

 2. 잠자는 숲속의 공주는 유리관 안에 있었습니다. 유리의 특징으로 알맞은 것은 ◯표, 틀린 것은 ✕표 하세요.

(1) 유리는 고체입니다. (   )

(2) 유리는 깨지기 쉽습니다. (   )

(3) 유리는 자석이 잘 붙습니다. (   )

(4) 유리는 투명해서 속이 잘 보입니다. (   )

3. 하나는 왕자에게 마법을 푸는 방법을 알려 주었습니다. 만약에 하나가 그 방법을 알려 주지 않았다면 왕자와 공주는 어떻게 되었을지 써 보세요.

잠시 뒤, 공주가 눈을 번쩍 떴어요. 마법에서 풀려 잠에서 깨어난 거였지요.

그런데 공주를 바라보던 왕자가 갑자기 소리를 질렀어요.

"앗, 이럴 수가! 아름다운 공주가 할머니로 변했어."

왕자는 공주의 모습에 깜짝 놀라 뒤도 돌아보지 않고 도망쳤어요. 잠자는 숲 속의 공주는 왕자의 입맞춤으로 마법이 풀렸지만, 100년 동안 잠들어 있다 깨어 나서 할머니가 된 거였어요.

"왕자님, 어디 가세요?"

잠에서 깨어난 공주가 왕자를 애타게 불렀지만 왕자는 돌아오지 않았어요. 공 주는 할머니로 변한 자신의 모습에 놀라 엉엉 울었어요.

"공주님, 울지 마세요. 대신 마법이 풀렸잖아요."

하나는 공주를 위로해 준 뒤 궁전 밖으로 나왔어요. 그러고는 기분이 우울해져 서 풀숲에 앉아 잠시 쉬었지요.

언어 1. 울고 있는 공주에게 하나처럼 위로의 말을 잘한 친구는 누구인가요?

(   )

① 공주님이 할머니가 되어서 깜짝 놀랐어요.

② 마법에 걸리지 않았어야 했는데…….

③ 얼굴에 주름살이 있어서 걱정이 되겠네요.

④ 할머니가 되었어도 즐겁게 지낼 수 있어요.

사회 탐구 2. 사람은 누구나 잠자는 숲속의 공주처럼 자라고 늙습니다. 다음은 사람의 성장 과정입니다. 할머니가 된 공주와 여러분은 이 과정 중 어디에 속하는지 쓰세요.

태아기 출생 전	신생아기 출생~4주	영아기 4주~약 1세	유아 전기 만 1세~만 3세	유아 후기 만 3세~만 6세

아동기 만 6세~만 13세	청소년기 만 13세~만 19세	성인기 만 19세~60세	노년기 60세 이후

(1) 할머니가 된 공주: _____

(2) 나: _____

논술 3. 왕자는 할머니가 된 공주를 보자마자 도망쳤습니다. 왕자의 이런 모습에 대해 하나가 어떻게 생각했을지 말풍선에 써 보세요.

바스락바스락, 바스락바스락!

그때, 어디선가 작은 발자국 소리가 들려오더니 풀숲에서 토끼 한 마리가 자라를 업고 깡충깡충 뛰어나왔어요.

하나는 그 모습이 신기하고 웃겨서 뛰어가는 토끼를 쫓아가며 물었어요.

"토끼야, 자라를 업고 어디를 그렇게 바쁘게 가니?"

"헉헉, 우리는 지금 용궁으로 가는 중이야."

"용궁이라고? 용왕님이 사시는 용궁 말이야?"

하나는 용궁이라는 말에 깜짝 놀라 다시 물었어요.

"그렇다니까, 넌 궁금한 게 참 많은 아이구나. 난 바빠서 이만."

토끼는 자꾸 물어보는 하나가 귀찮은지 빠르게 앞으로 달려갔어요. 하나는 토끼를 놓칠까 봐 힘껏 쫓아갔지요. 하나가 읽은 동화책에서 이와 비슷한 모습을 본 적이 있었거든요.

＊ **용궁**: 전설에서 용왕이 사는 화려한 궁전.

🐰 **언어** 1. 토끼가 자라를 업고 가는 곳은 어디인가요? (   )

①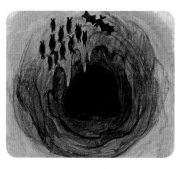

용궁

②

동굴

③

바위

1주 3일
학습 끝!

붙임 딱지 붙여요.

🐰 **과학 탐구** 2. 다음에서 설명하는 토끼와 자라의 특징을 읽고 맞으면 ◯표, 틀리면 ✕표 하세요.

(1) 토끼는 알을 낳아 기릅니다. (   )

(2) 토끼는 아가미로 호흡을 합니다. (   )

(3) 자라는 주로 육지에서 생활합니다. (   )

(4) 자라는 물속에서 헤엄칠 수 있습니다. (   )

▲ 토끼   ▲ 자라

🐰 **논술** 3. 토끼는 하나에게 궁금한 게 많은 아이라고 했습니다. 여러분이 생각하는 하나는 어떤 아이인지 보기 처럼 써 보세요.

보기
하나는 <u>궁금한 게 많은</u> 아이입니다. 왜냐하면 <u>질문이 많기</u> 때문입니다.

하나는 ＿＿＿＿＿＿＿＿＿＿＿＿＿＿＿＿＿＿＿ 아이입니다.

왜냐하면 ＿＿＿＿＿＿＿＿＿＿＿＿＿＿＿＿＿＿ 때문입니다.

　토끼와 자라, 하나는 바닷가에 도착했어요. 그러자 토끼 등에 업혔던 자라가 땅으로 내려오면서 말했어요.

　"토끼야, 이번에는 내 등에 올라타. 바닷속에서는 내가 더 빨라."

　"자라야, 제발 나도 데려가 줘. 용궁이 어떻게 생겼는지 보고 싶어."

　하나가 간절하게 부탁하자 자라는 고개를 끄덕였어요.

　바닷속은 하나와 토끼의 눈이 휘둥그레질 정도로 아름답고 신비로웠어요. 드디어 하나와 토끼, 자라가 으리으리한 용궁 앞에 도착했어요. 곧이어 커다란 문이 열리고 신하들 사이로 용왕이 보였지요.

　자라는 의기양양하게 용왕 앞에 엎드리며 말했어요.

　"용왕님, 육지에서 약을 구해 왔습니다. 토끼 간을 드시고 어서 나으세요."

　토끼는 그제야 용궁 구경을 시켜 주겠다는 자라의 말이 거짓말이었다는 걸 알았어요. 하나도 용왕이 정말 토끼의 간을 빼앗을까 봐 걱정이 되었지요.

※ **의기양양**: 뜻한 바를 이루어 만족한 마음이 얼굴에 나타난 모양.

언어 **1. 이 글의 토끼와 자라가 등장하는 "토끼전"의 내용입니다. 빈칸에 알맞은 낱말을 이 글에서 찾아 쓰세요.**

ⓐ ☐☐ 은 병이 깊어서 ⓑ ☐☐ 의 ⓒ ☐ 을 먹어야만 살 수 있다는 의사의 말을 듣습니다. ⓓ ☐☐ 는 토끼를 데려오는 임무를 맡고, 육지에서 토끼를 꾀어 용궁에 데려옵니다. 그제야 속은 것을 안 토끼는 꾀를 내어 육지에 간을 놓고 왔다는 거짓말을 하고 도망칩니다.

ⓐ ◯◯◯◯◯◯   ⓑ ◯◯◯◯◯◯   ⓒ ◯◯◯◯◯◯   ⓓ ◯◯◯◯◯◯

언어 **2. 밑줄 친 말과 바꾸어 쓸 수 없는 말은 무엇인가요? (   )**

자라는 의기양양하게 용왕 앞에 엎드리며 말했어요.

① 당당하게   ② 떳떳하게   ③ 만족스럽게   ④ 조심스럽게

논술 **3. 자라가 용왕을 위해 토끼에게 한 일을 보고, 그것을 통해 토끼에게 자라는 어떤 동물인지 써 보세요.**

용왕의 약을 구하기 위해 힘든 것을 참고 토끼를 용궁으로 데리고 왔습니다. →	용왕에게 자라는 충성심이 강하고 용감한 신하입니다.
용왕의 약을 구하기 위해 토끼에게 거짓말을 하여 토끼가 죽을 위기에 처했습니다. →	토끼에게 자라는 _____ _____

하나는 어찌할 바를 모른 채 토끼와 자라만 번갈아 보았어요.

"드디어 내 병을 고치는구나. 여봐라, 당장 토끼 간을 꺼내 오거라."

용왕의 말에 신하들이 달려들자, 토끼가 침착한 목소리로 말했어요.

"이걸 어쩌죠? 용왕님, 육지 동물들은 한 달에 한 번씩 간을 꺼내서 물에 깨끗이 씻은 뒤 햇볕에 말린답니다. 제가 마침 육지에 간을 놓고 와서 지금 제게는 간이 없답니다. 이럴 줄 알았으면 가져오는 건데 죄송합니다."

"네 이놈, 간을 빼놓고 다니는 동물이 세상에 어디 있느냐?"

"그건 모르시는 말씀이에요. 사람들 간은 크고 윤기가 좔좔 흘러서 저렇게 머리에 뒤집어쓰고 다니기까지 하는걸요."

토끼가 히죽히죽 웃으며 하나가 쓴 빨간 모자를 가리켰어요. 하나가 깜짝 놀라 아니라고 손을 내젓자 용왕이 급하게 소리쳤어요.

"저게 사람의 간이라고? 여봐라, 당장 저 아이의 간을 뺏어 오너라."

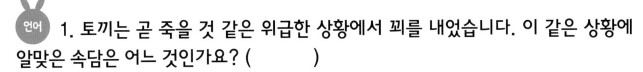

1. 토끼는 곧 죽을 것 같은 위급한 상황에서 꾀를 내었습니다. 이 같은 상황에 알맞은 속담은 어느 것인가요? (   )

① 소 잃고 외양간 고친다.

② 입에 쓴 약이 병에는 좋다.

③ 고래 싸움에 새우 등 터진다.

④ 호랑이에게 물려 가도 정신만 차리면 산다.

2. 용왕은 하나가 쓴 빨간 모자를 사람의 간이라고 생각하고 있습니다. 다음 ㉠ ~㉣ 중 사람의 간은 어느 것인가요? (   )

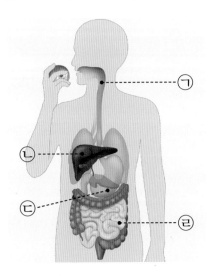

3. 토끼는 간을 빼놓고 다닌다는 거짓말로 위기 상황에서 벗어났습니다. 여러분이 토끼라면 어떤 꾀를 내어 이 상황에서 벗어날지 써 보세요.

토끼 간을 빼앗으려던 신하들이 이번에는 하나에게 달려들어서 빨간 모자를 빼앗으려고 했어요. 하나는 힘을 다해 빨간 모자를 움켜쥐며 소리쳤어요.

"안 돼요! 그건 간이 아니라, 내 모자예요."

"하나야, 하나야. 그만 일어나렴. 무슨 잠꼬대를 그렇게 하니?"

하나는 어디선가 들리는 엄마의 목소리에 눈을 떴어요.

"하나야, 말도 없이 여기서 혼자 졸고 있으면 어떡하니? 엄마는 네가 없어진 줄 알고 얼마나 놀랐는데……."

하나는 엄마를 기다리다 깜빡 졸았어요. 그 짧은 시간에 꿈도 꾸었지요.

"죄송해요. 그런데 엄마, 아주 재미있는 여행을 했어요."

"뭐? 재미있는 여행?"

하나가 빨간 모자를 가슴에 안고 활짝 웃자 엄마는 고개를 갸웃거렸어요. 하나는 빨간 모자를 사서 들고 행복하게 집으로 돌아갔답니다.

1. 용궁의 신하들은 왜 하나의 빨간 모자를 빼앗으려고 했나요? (   )

① 토끼가 빨간 모자를 달라고 해서

② 빨간 모자가 사람의 간인 줄 알아서

③ 토끼의 간이 빨간 모자 속에 있어서

④ 용왕이 빨간 모자를 마음에 들어 해서

1주 4일
학습 끝!

붙임 딱지 붙여요.

2. 다음은 하나가 산 빨간 모자가 하나의 손에 들어오기까지의 과정입니다. 모자를 파는 가게와 관계가 <u>먼</u> 곳은 어디인가요? (   )

모자에 쓰일 천을 만드는 공장 → 트럭으로 천을 운반 → 모자를 만드는 공장 → 트럭으로 모자를 운반 → 모자를 파는 가게 → 하나의 손

① 백화점   ② 영화관   ③ 재래시장   ④ 의류 전문점

3. 하나는 꿈에서 동화 속에 나오는 장소를 여행했습니다. 여러분은 동화 속에 나오는 장소 중 어디를 여행하고 싶은지, 그 이유와 함께 써 보세요.

(1) 여행하고 싶은 동화 속 장소: _____

(2) 여행하고 싶은 이유: _____

_____

_____

_____

| '하나의 빨간 모자'의 내용을 이야기의 흐름에 따라 간추려서 써 보세요.

(1)

하나와 엄마가 아빠 선물을 사려고 백화점에 갔습니다.

(2)

(3)

(4)

(5)

(6)

2 '하나의 빨간 모자'에 나오는 인물의 말이나 행동을 찾아 쓰고, 이를 바탕으로 인물의
성격이 어떠한지 써 보세요.

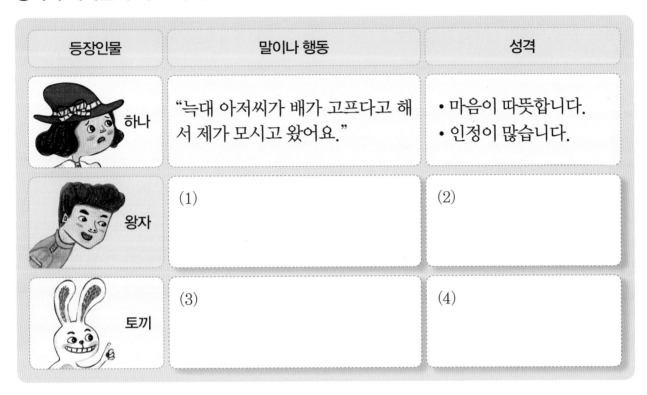

등장인물	말이나 행동	성격
하나	"늑대 아저씨가 배가 고프다고 해서 제가 모시고 왔어요."	• 마음이 따뜻합니다. • 인정이 많습니다.
왕자	(1)	(2)
토끼	(3)	(4)

3 꿈에서 동화 속 여행을 다녀온 하나가 그날의 일기를 어떻게 썼을지 상상하여 써 보세요.

궁금해요

재미있는 책 여행을 떠나요

이 글은 동화 "빨간 모자", "잠자는 숲속의 공주", "토끼전" 세 편의 내용을 새롭게 꾸며 쓴 이야기예요. 원래 작품이 어떠한지 알아보고 여러분도 상상의 날개를 마음껏 펼쳐 보세요.

"빨간 모자"

"빨간 모자"는 유럽의 여러 나라에서 전해 내려오는 '빨간 모자'에 관한 이야기를 그림 형제가 고쳐서 정리한 전래 동화입니다. 빨간 모자라는 별명을 가진 여자아이가 엄마의 심부름으로 할머니 집에 가다가 늑대의 꾐에 빠져 잡아먹히지만, 사냥꾼의 도움으로 되살아난다는 이야기입니다.

이 동화는 이야기의 배경이 되는 독일의 알스펠트에서 해마다 '빨간 모자 축제'가 열릴 만큼 사람들에게 많은 사랑을 받습니다.

조금은 끔찍하고 무서운 이 이야기가 오랜 시간 동안 사람들에게 꾸준히 사랑받는 이유는 무엇일까요? 아마도 엄마 말을 잘 듣지 않는 아이들에게 각별한 교훈을 주기 때문이 아닐까요?

"잠자는 숲속의 공주"

"잠자는 숲속의 공주"는 유럽의 여러 나라에서 전해 내려오는 이야기를 프랑스의 동화 작가 샤를 페로가 재미있게 고쳐 쓴 동화입니다.

온 나라 사람들의 축복 속에 태어난 오로라 공주는 공주의 생일날, 초대받지 못한 요정의 심술로 마법에 걸려 궁전 안에서 100년 동안 잠들게 되었지요. 그러다 잠자는 숲속의 공주를 찾아온 왕자의 입맞춤으로 마법에서 깨어나 행복하게 살았다는 아름다운 이야기입니다.

　이 이야기는 차이콥스키의 발레로도 유명하며, 장미 넝쿨, 가시덤불, 비밀스러운 궁전과 같은 신비로운 분위기 등으로 세계 여러 나라 어린이들에게 널리 사랑받고 있습니다.

"토끼전"

　조선 시대부터 입에서 입으로 전해 내려오던 우리 나라의 전래 소설입니다. 이 소설은 판소리로도 불릴 만큼 우리 조상들에게 많은 사랑을 받았던 작품이고, 지금도 사람들에게 꾸준히 읽히고 있습니다.

　토끼의 간을 먹어야 병이 낫는 용왕을 위하여 육지로 나간 자라가 토끼를 꾀어 용궁으로 데려옵니다. 그러나 토끼가 육지에 간을 빼놓고 다닌다는 말로 꾀를 내어 죽음의 위기에서 벗어나 도망친다는 이야기입니다.

　이 이야기는 어렵고 힘든 순간에도 당황하지 않고 잘 대처하면 누구나 지혜롭게 문제를 해결할 수 있다는 교훈을 주고 있습니다.

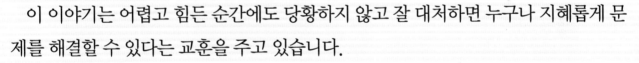

✏️ 이 세 작품 이외에 여러분이 재미있게 읽은 책과 그 책이 왜 재미있었는지 이유를 써 보세요.

(1) 가장 재미있게 읽은 책: ....

(2) 이유: ....

내가 할래요

상상화를 그려 봐요

빨간 모자를 산 하나는 날마다 꿈속에서 새로운 곳을 여행했습니다. 하나가 어디로 여행을 했을지 보기 처럼 상상화를 그리고 설명해 보세요.

보기

그림 이야기: 하나는 우주선을 타고 우주의 여러 행성들을 신나게 여행했어요.

확인할 내용	잘함	보통임	부족함
1. 이번 주 학습을 5일(월요일~금요일) 안에 끝마쳤나요?			
2. 세 편의 이야기를 잘 이해했나요?			
3. 등장인물의 마음이 되어 상상하기를 잘할 수 있나요?			
4. 상상화 그리기를 할 수 있나요?			

1주 5일
학습 끝!

붙임 딱지 붙여요.

그림 이야기: ....

....

....

전하는 말

2주

15소년 표류기

생각톡톡 무인도에 표류하게 된다면 기분이 어떠할지 써 보세요.

관련교과 [국어 2-1] 인물의 마음 상상하며 읽기

[국어 3-1] 일이 일어난 까닭 알기 / 글을 읽고 의견 파악하기 / 글을 읽고 내용 간추리기

[사회 4-2] 우리 생활에 꼭 필요한 것 알기

15소년 표류기

1860년 3월 9일 밤, 바람이 거세게 불고 집채만 한 파도가 몰려오는 바다 위로 작은 배 한 척이 위험하게 떠가고 있었어요.

배의 이름은 슬라우기호. 배 안에는 뉴질랜드 '체어맨 기숙 학교' 학생들 열네 명과 수습 선원 한 명, 팬이라는 강아지 한 마리가 있었어요.

소년들은 밀려오는 파도에 배가 쓰러지지 않게 하려고 있는 힘을 다해 배에 매달렸어요. 그러나 산더미 같은 파도가 배를 덮치는 바람에 소년들은 갑판에 나동그라졌어요.

"브리앙, 무슨 일이야?"

선실로 내려가는 계단 문 쪽에서 어린 소년 둘이 얼굴을 내밀었어요.

"아무것도 아니야, 에버슨. 어서 아래로 내려가."

브리앙이 침착하게 아이들을 타일렀어요. 그리고 다음 날, 또다시 거대한 파도가 배를 덮치면서 배는 파도에 떠밀려 해안 모래 언덕에 부딪히며 멈췄어요.

※ **선실**: 배 안에서 승객들이 쓰도록 만든 방.

44

1. 다음 중 '표류하다'의 의미를 나타내는 그림은 어느 것인가요? (   )

①

②

③

 2. 다음에서 설명하고 있는 나라는 어디인지 이 글에서 찾아 쓰세요.

- 이 나라는 오스트레일리아 대륙의 동남쪽에 있는 섬나라입니다.
- 이 나라의 국기는 옆에 있는 모습과 같습니다.
- 이 나라 사람들은 주로 영어를 사용하고 양털을 많이 수출합니다.

(   )

3. 이 이야기는 어린 소년들이 배의 닻줄이 풀리면서 어른도 없이 바다로 떠내려가면서 시작됩니다. 이처럼 어른 없이 위험한 일이 생겼을 때에 어떻게 해야 할지 보기 처럼 써 보세요.

> 보기 당황하지 말고 도움을 구할 곳을 찾습니다.

_____

_____

_____

"육지다, 드디어 육지에 닿았어. 여기는 어딜까? 아무도 살지 않나 봐?"

가장 먼저 배에서 내린 고든이 주위를 살피며 말했어요.

"사람이 살 수 없는 곳만 아니면 돼. 식량은 배 안에 어느 정도 있으니 잠잘 곳만 구하면 얼마 동안 여기서 지낼 수 있을 거야."

브리앙이 대답했어요.

"맞아. 지금 가장 중요한 것은 잠잘 곳을 찾는 일이야."

브리앙과 고든은 소년들이 잘 만한 장소를 찾아다녔어요. 하지만 그 어디에도 열다섯 명의 소년들이 지낼 곳은 보이지 않았어요.

결국 소년들은 살 만한 곳을 찾을 때까지 배에서 생활하기로 하고, 배 안에 어떤 물건이 어느 정도 있는지 조사했지요. 무엇보다 중요한 건 식량이므로 배에 있는 식량을 아껴 먹으면 얼마나 버틸 수 있는지 알아야 했어요. 성실하고 꼼꼼한 고든은 물건의 종류와 개수를 꼼꼼하게 공책에 적었어요.

1. 육지에 닿은 소년들이 배에서 생활하기로 한 까닭은 무엇인가요? (   )

① 육지보다 배가 안전해서

② 육지에 아무도 살지 않아서

③ 배를 타고 다른 곳으로 가기 위해서

④ 육지에서 잠잘 만한 곳을 찾지 못해서

2. 소년들은 무인도에서 살게 되었습니다. 무인도의 특징이 <u>아닌</u> 것은 어느 것인가요? (   )

① 섬입니다.

② 주위가 온통 바다입니다.

③ 사람이 아무도 살지 않습니다.

④ 육지와 무인도가 연결되어 있습니다.

▲ 무인도

3. 여러분이 만약 무인도에 가게 된다면 가져가고 싶은 것 세 가지를 보기 처럼 쓰고, 그 이유도 써 보세요.

보기 무인도에 갈 때 책과 쌀과 텔레비전을 가져가고 싶습니다. 쌀로 밥을 지어 먹고 책을 읽거나 텔레비전을 보면 심심하지 않기 때문입니다.

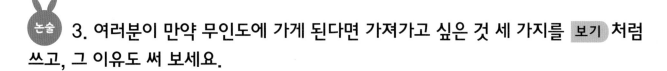

소년들은 언제 어떤 일이 생길지 모르기 때문에 먹을 것도 더 마련하고, 각자 잘하는 일로 역할을 나누어서 맡기로 했어요. 드니팬은 사냥을 하고 벡스터는 이곳 생활에 필요한 물건을 만들었지요.

'쳇! 브리앙 녀석, 정말 마음에 안 들어.'

드니팬은 어린아이들에게 인기가 좋은 브리앙이 못마땅했어요. 드니팬과 브리앙은 체어맨 기숙 학교 시절부터 사이가 좋지 않았어요.

며칠 뒤, 브리앙과 드니팬이 이곳이 섬인지 대륙인지 알아보기 위해 탐험에 나서기로 했어요.

"브리앙, 드니팬과 네 의견이 다를 수 있으니 네가 이해하고 다투지 마."

고든이 걱정스럽게 브리앙에게 말했어요.

"알았어, 고든. 무사히 잘 다녀올게."

탐험대는 브리앙과 드니팬, 윌콕스와 서비스까지 모두 네 명이었어요.

※ **대륙**: 넓은 면적을 가지고 해양의 영향이 직접적으로 미치지 않는 육지.

1. 밑줄 친 '탐험'과 같은 뜻으로 쓰인 낱말은 어느 것인가요? (   )

소년들은 도착한 곳을 <u>탐험</u>하고 먹을 것을 마련하기로 했습니다.

① 역할   ② 사냥   ③ 조사   ④ 이해

2주 1일
학습 끝!

붙임 딱지 붙여요.

 2. 소년들은 각자 잘하는 일로 역할을 나누었습니다. 그 이유가 <u>아닌</u> 것은 어느 것인가요? (   )

① 일을 조금 할 수 있기 때문입니다.
② 일을 즐겁게 할 수 있기 때문입니다.
③ 일을 빨리 끝낼 수 있기 때문입니다.
④ 일을 계획대로 할 수 있기 때문입니다.

 3. 여러분이 소년들과 함께 무인도에서 살게 된다면, 어떤 역할을 맡고 싶은지
보기 **처럼 써 보세요.**

보기   나는 요리하는 것을 좋아하므로 음식 만드는 역할을 하겠습니다.

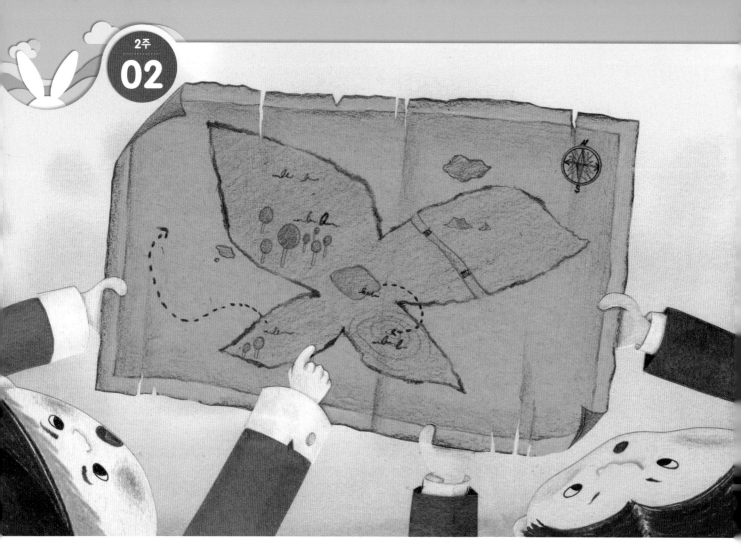

탐험대는 숲을 따라 걸으면서 여기저기를 둘러보았어요.

"얘들아, 이것 좀 봐. 징검다리야."

앞서서 걷던 드니팬이 가리킨 곳에는 시냇물에 납작한 돌이 징검다리처럼 나란히 놓여 있었어요.

"누군가 시냇물을 건너기 위해 일부러 놓은 것 같아."

탐험대는 드디어 사람의 흔적을 찾았어요. 그건 해골과 그 사람이 살던 동굴로, 죽은 사람은 '프랑수아 보두앙'이라는 이름의 프랑스 사람이었어요.

드니팬은 보두앙이 그린 이 섬의 지도를 발견했어요. 이 섬은 나비가 날개를 펴고 있는 모습이었고, 가운데에 호수가 있으며, 사방이 바다로 둘러싸인 외딴섬이었어요. 탐험대는 자신들이 도착한 곳이 무인도라는 걸 알았어요.

그러나 소년들은 실망하지 않았어요. 불행 중 다행으로 올겨울을 보낼 만한 동굴을 찾았기 때문이었지요.

탐험대는 서둘러 배로 돌아왔어요.

 1. 탐험대가 섬에 사람이 살았다는 것을 알게 된 증거가 <u>아닌</u> 것은 무엇인가요?

( )

① 사람이 살던 마을을 발견했습니다.
② 사람이 살던 동굴을 발견했습니다.
③ 사람이 그린 지도를 발견했습니다.
④ 시냇물에 징검다리가 놓여 있었습니다.

 2. '불행'과 뜻이 반대되는 낱말을 그림 속에서 찾아 ◯표 하세요.

 3. 여러분이 만약 무인도에서 살게 된다면 가장 먼저 무엇을 할지 보기 처럼 써 보세요.

보기 섬이 어떻게 생겼는지 살피면서 지도를 그립니다.

51

배로 돌아온 브리앙과 드니팬은 소년들 앞에서 탐험 보고를 했어요.

"호수 근처에서 발견한 동굴로 가자. 거기라면 훌륭한 숙소가 될 거야."

모두가 살 수 있을 만큼 동굴이 넓지는 않았지만, 소년들은 배에 있던 연장으로 동굴 벽을 파서 동굴을 더 넓히기로 했어요.

소년들은 서둘러서 짐을 동굴로 옮겼어요. 슬라우기호가 자꾸 부서져서 위험하기도 하고 날씨가 추워지면 그곳에서 살기 힘들어지므로, 배에서 쓸 만한 것들은 챙겨 가서 동굴을 수리하는 데 쓰기로 했지요.

소년들은 그 동굴 이름을 '프랑스인의 동굴'이라고 부르기로 했어요. 그곳에서 살다 죽은 프랑스인을 기념하기 위하여 붙인 이름이었어요.

소년들은 동굴에 침대를 나란히 놓았고, 배에 있던 테이블을 한가운데에 놓았어요. 어린 소년들은 그릇을 옮기고 모코와 서비스는 식사를 준비했어요.

모두 맡은 일을 열심히 한 뒤에는 배불리 음식을 먹고 편안히 잠들었지요.

※ **보고**: 일에 관한 내용이나 결과를 말이나 글로 알림.

1. 이 글에서 소년들이 한 일을 두 가지 고르세요. (　　　　　)

① 배를 수리했습니다.　　　　　② 동굴을 더 넓혔습니다.

③ 밥도 먹지 않고 잠들었습니다.　　④ 배에서 동굴로 짐을 옮겼습니다.

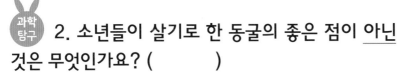 **2.** 소년들이 살기로 한 동굴의 좋은 점이 <u>아닌</u> 것은 무엇인가요? (　　　　)

① 동굴에서 쉴 수 있습니다.

② 동굴에서 음식을 구할 수 있습니다.

③ 동굴에서 비와 바람을 피할 수 있습니다.

④ 동굴에서 짐승들의 습격을 피할 수 있습니다.

▲ 동굴

3. 소년들은 동굴을 넓히기로 했습니다. 소년들처럼 학교나 집에서 공간을 더 넓히고 싶은 곳이 있다면 어디인지 장소와 그 이유를 써 보세요.

| 보기 | 내 방 – 학교 도서관처럼 책을 많이 넣을 수 있도록 넓히고 싶습니다. |

동굴에 보금자리를 마련한 소년들은 섬 곳곳에 이름을 붙였어요. 배가 도착한 곳은 배의 이름을 따서 '슬라우기만', 호수는 가족을 생각하는 뜻에서 '가족 호수', 섬은 학교 이름을 따서 '체어맨섬'이라고 부르기로 했어요.

모두 이름 붙이기로 즐거워할 때 브리앙이 말했어요.

"우리에게는 지도자가 필요해. 생활을 지도하고, 중요한 일을 결정하고, 우리 사이에 문제가 생길 때 판정해 줄 대통령 말이야."

소년들이 모두 찬성하자 드니팬의 얼굴이 굳어졌어요. 드니팬은 브리앙의 의견이 못마땅했지만, 찬성하는 대신 임기는 1년으로 하자고 했어요. 그러면서 브리앙이 대통령으로 뽑히면 어쩌나 걱정했지요. 그러면 꼼짝없이 드니팬이 브리앙의 말을 들어야 하기 때문이에요.

드니팬의 마음을 아는 듯 브리앙은 대통령으로 고든을 추천했어요.

이리하여 체어맨섬의 첫 번째 대통령으로 고든이 뽑혔어요.

※ **보금자리**: 지내기에 매우 포근하고 아늑한 곳을 이르는 말.

1. 다음 중 체어맨섬에서 대통령이 해야 할 일로 알맞으면 ○표, 아니면 ✕표 하세요.

(1)
소년들의 생활을 지도합니다.
(   )

(2)
섬에서의 중요한 일을 결정합니다.
(   )

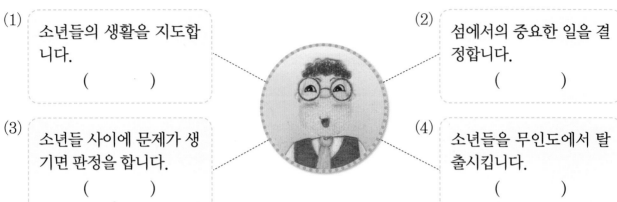

(3)
소년들 사이에 문제가 생기면 판정을 합니다.
(   )

(4)
소년들을 무인도에서 탈출시킵니다.
(   )

2주 2일
학습 끝!

붙임 딱지 붙여요.

2. 대통령에 대한 설명으로 알맞지 <u>않은</u> 것은 어느 것인가요? (   )

① 대통령은 나라를 대표하는 사람입니다.
② 우리나라 대통령의 임기는 평생입니다.
③ 우리나라 대통령은 국민들이 직접 뽑습니다.
④ 대통령은 국민들이 잘살 수 있도록 노력합니다.

3. 소년들은 특별한 의미를 담아서 섬 곳곳의 이름을 지었습니다. 보기 처럼 우리 집 곳곳에 특별한 의미가 담긴 이름을 새롭게 붙여 주세요.

보기 부엌—음식이 샘솟는 곳

체어맨섬은 5월이 되면서부터 추운 겨울이 찾아왔어요. 겨울이 언제까지 계속 될지 알 수 없었고, 한겨울에는 동굴 속에서만 지내야 할지도 몰랐어요.

고든은 동굴에서의 규칙적인 생활을 위해 일과표를 만들었고, 형들은 동생들 에게 책도 읽어 주고 공부도 가르쳤어요.

매서운 추위가 계속되면서 먹을거리는 점점 줄어들고 땔감도 부족해졌어요.

"큰일이야, 먹을 것과 땔감이 점점 줄고 있어."

소년들은 겨우내 추위에 떨어야 했고, 오랫동안 밖에 나가지 못해 얼굴이 창백 해졌어요. 하지만 다행히 한 사람도 병에 걸리지 않았어요.

소년들은 섬에 도착해서 첫 겨울을 겪으면서, 먹을 것과 땔감을 항상 충분하게 준비해야 한다는 것을 깨닫게 되었어요.

그래서 날이 풀리자마자 은단풍에서 단맛이 나는 즙을 모으고, 불을 밝힐 기름 을 얻기 위해 바다표범을 잡기도 했어요.

※ 은단풍: 단풍나뭇과의 낙엽 나무. 이 나무에서 나오는 즙으로 설탕을 만들기도 한다.

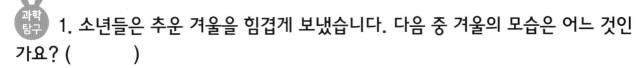

1. 소년들은 추운 겨울을 힘겹게 보냈습니다. 다음 중 겨울의 모습은 어느 것인가요? (　　　)

① 　② 　③ 　④

2. 다음 중 소년들의 무인도 생활을 <u>잘못</u> 말한 친구는 누구인가요? (　　　)

① 은행나무에서 직접 단맛이 나는 즙을 모았어.

② 소년들은 땔감을 직접 구해야 했어.

③ 소년들은 먹을 것도 직접 구해야 했어.

④ 규칙적인 생활을 위해 일과표를 만들었어.

3. 무인도에서 살아남기 위해서 소년들처럼 자연에서 먹을 것이나 땔감을 얻는 방법을 보기 와 같이 두 가지만 써 보세요.

> 보기
> · 은단풍에서 단맛이 나는 즙을 모았습니다.
> · 불을 밝힐 기름을 얻기 위해 바다표범을 잡았습니다.

소년들은 무인도에서 하루하루 충실히 생활했어요. 하지만 브리앙의 동생 자크는 체어맨섬에 도착한 뒤로 늘 혼자 지냈어요. 브리앙은 밝고 활발했던 자크가 무슨 일 때문에 성격이 변했는지 무척 걱정이 되었어요.

그러던 어느 날, 자크는 브리앙에게 자기가 슬라우기호의 밧줄을 풀어서 배가 바다로 떠내려오게 되었다는 비밀을 털어놓았어요.

"뭐라고? 너 때문에 우리가 이렇게 된 거라고?"

"형, 잘못했어. 난 그냥 장난으로 한 건데, 이렇게까지 될 줄 몰랐어."

브리앙은 이 사실을 다른 소년들이 알면 용서하지 않을 거라고 생각했어요. 일단 지금은 말하지 않고 적당한 때가 오면 자크의 잘못을 밝히기로 했지요. 그 대신 자크에게 다른 소년들보다 더 열심히 일하라고 했어요.

"자크, 친구들을 위해 동굴 안을 깨끗이 청소해 놔."

우연히 둘의 얘기를 듣게 된 모코 역시 자크의 비밀을 지켜 주기로 했어요.

1. 등장인물의 얼굴 표정에 어울리는 말을 줄로 이으세요.

(1)

브리앙

(2)

모코

(3)

자크

ㄱ 자크의 비밀을 지켜 줄게요.

ㄴ 뭐라고? 너 때문에 우리가 이렇게 된 거라고?

ㄷ 형, 잘못했어. 난 그냥 장난이었는데, 이렇게까지 될 줄 몰랐어.

 2. 자크가 체어맨섬에서 늘 혼자 지낸 이유로 알맞지 <u>않은</u> 것은 어느 것인가요? (   )

① 자기 때문에 배가 표류하게 되어서

② 자기 잘못을 다른 소년들이 알아챌까 봐서

③ 소년들과 재미있게 어울리는 것이 미안해서

④ 소년들과 어울리는 것보다 혼자 있는 것을 좋아해서

 3. 여러분이 브리앙이라면 동생의 잘못을 알게 되었을 때 어떻게 할지 써 보세요.

고든이 체어맨섬 대통령으로 뽑힌 지 1년이 되는 날 소년들은 새 대통령을 뽑았어요. 브리앙이 두 번째 대통령으로 뽑혔지요.

이번에는 당연히 자기가 대통령이 될 줄 알았던 드니팬은 실망과 분노를 감추지 못했어요.

이 일을 계기로 드니팬은 브리앙의 말은 듣지 않겠다고 결심하고, 자기를 따르는 소년들과 어울려 따로 행동하기 일쑤였어요. 그러다 결국 드니팬은 웹, 윌콕스, 클로스와 함께 프랑스인의 동굴을 떠나기로 했어요.

"드니팬, 가지 마. 우리와 함께 있자."

고든과 브리앙이 말렸지만 드니팬은 고집을 꺾지 않았어요.

"싫어, 나는 더는 여기에서 살고 싶지 않아. 우리끼리 자유롭게 살 거야."

동굴을 떠난 드니팬 일행은 쉬지 않고 걸었어요. 하지만 동굴에서 멀어수록 떠나온 것이 후회되었어요.

1. 다음 중 드니팬의 마음으로 알맞지 않은 것은 어느 것인가요? (   )

① 브리앙이 대통령이 되다니, 기분 나빠.

② 우리끼리도 얼마든지 잘 지낼 수 있어.

③ 동굴을 괜히 떠났나? 그냥 참고 있을걸.

④ 무인도에서 오래오래 행복하게 살아야지.

2주 3일 학습 끝!

붙임 딱지 붙여요.

2. 소년들처럼 여러 사람이 한 장소에서 생활하면 의견 차이가 생길 수 있습니다. 의견 차이를 줄이기 위한 자세가 아닌 것은 어느 것인가요? (   )

① 다른 사람의 입장이 되어 생각해 봅니다.

② 나에게 손해가 되는 일은 절대 하지 않습니다.

③ 다른 사람의 이야기를 끝까지 귀 기울여 듣습니다.

④ 나이가 어리고 몸이 불편한 사람을 배려해 줍니다.

3. 소년들은 대통령을 뽑아서 생활했습니다. '대통령을 뽑아야 한다'에 찬성하는 의견과 반대하는 의견 중 하나를 골라 □에 ✔표를 하고 그 이유도 써 보세요.

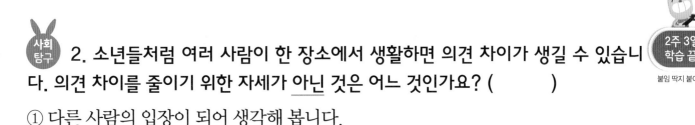

□ 대통령을 뽑아야 한다.

_____때문입니다.

□ 대통령을 뽑을 필요가 없다.

_____때문입니다.

61

드니팬 일행은 머물러 살 동굴을 정한 뒤 섬의 북쪽을 조사하다 해변가에서 뒤집힌 배와 쓰러진 두 사람을 발견했어요. 하지만 두 사람이 꼼짝도 하지 않자 죽은 줄 알고 무서워서 확인도 못 하고 숲으로 도망쳤어요.

드니팬 일행이 떠나고 마음이 불편했던 브리앙은 이 섬에서의 세 번째 겨울이 오기 전에 섬을 빠져나갈 궁리를 했어요. 그러고는 커다란 연을 만들어 구조 표시로 이용하기로 했지요.

마침내 연을 띄우기로 한 날, 브리앙과 소년들은 숲에 쓰러져 있는 한 아주머니를 발견했어요. 소년들이 준 음식과 물을 먹고 정신을 차린 아주머니는 자신을 '케이트'라고 소개했어요.

"애들아, 정말 고마워. 너희 아니었으면 죽을 뻔했구나."

케이트는 주인댁 부부와 세번호를 타고 칠레로 가던 중, 강제로 배를 빼앗은 악당들과 함께 폭풍에 휘말려 이 섬에 왔다고 했어요. 악당들 외에는 세번호의 항해사 에번스만 살아남았다고도 했지요.

언어 1. 드니팬 일행과 브리앙 일행에게 일어난 일을 줄로 이으세요.

(1) 브리앙 일행 • • ㉠ 해변가에서 • • ① 케이트 아주머니를 만났습니다.

(2) 드니팬 일행 • • ㉡ 숲에서 • • ② 쓰러진 두 사람을 보았습니다.

사회탐구 2. 브리앙 일행은 굶주림에 지친 아주머니를 도와주었습니다. 이렇게 사람들이 도움을 주고받으면 좋은 점은 무엇인지 모두 고르세요. (   )

① 서로 친해집니다.

② 서로 믿고 의지할 수 있습니다.

③ 자신의 특기를 자랑할 수 있습니다.

④ 어렵고 힘든 일을 해결할 수 있습니다.

논술 3. 케이트는 죽을 뻔한 위기를 넘기고 살아남았습니다. 이런 상황을 나타내는 말이 '구사일생'입니다. 이 말을 넣어서 보기 처럼 문장을 만들어 보세요.

보기   케이트 아주머니는 소년들을 만나 <u>구사일생</u>으로 목숨을 구했습니다.

케이트의 이야기를 들은 소년들은 깜짝 놀랐어요. 악당들 때문에 드니팬 일행이 위험해질 수도 있다는 생각에 브리앙은 그들을 구하러 갔어요. 브리앙이 드니팬 일행이 있는 곳에 도착했을 때 맹수의 울음소리와 함께 비명 소리가 들렸어요.

"사, 사람 살려! 사람 살려!"

드니팬이 재규어의 공격을 받고 있었지요. 브리앙은 몸을 날려 재규어에게 달려들었어요. 재규어가 브리앙 쪽으로 몸을 돌리는 순간, 드니팬이 재빨리 도망쳤어요. 브리앙은 당황하지 않고 칼로 재규어를 찔렀어요.

"브리앙, 고마워. 네가 날 구했어."

"드니팬, 무사해서 다행이야. 이 섬에 악당들이 들어왔어. 어서 돌아가자."

브리앙과 드니팬 일행이 무사히 동굴로 돌아오자, 기다리고 있던 소년들은 드니팬 일행을 진심으로 환영했어요. 비록 악당과 무서운 위험이 기다리고 있지만 열다섯 명의 소년들은 다시 하나가 되었어요.

1. 드니팬을 공격한 재규어의 특징을 보고 사진에서 재규어를 고르세요.

(   )

- 표범과 비슷하게 생겼습니다.
- 온몸에 검은 얼룩무늬가 있습니다.

①    ②    ③    ④

 2. 동굴로 다시 돌아온 드니팬이 자신들을 환영해 준 소년들에게 할 말로 알맞은 것은 무엇인가요? (   )

① 내가 돌아와서 고맙지?

② 어쩔 수 없이 다시 돌아왔어.

③ 애들아, 고마워. 내가 잘못했어.

④ 내가 꼭 필요하다는 걸 이제는 알았지?

3. 브리앙은 위험을 무릅쓰고 드니팬 일행을 구했습니다. 친구를 위해 애쓴 브리앙에게 해 주고 싶은 말을 써 보세요.

그러던 어느 날, 동굴 밖에서 다급한 소리가 들렸어요.

"살려 주세요, 제발 문 좀 열어 주세요."

그건 바로 악당들에게 잡혀 있었던 에번스의 목소리였어요.

소년들을 본 에번스는 이 섬이 남아메리카 칠레 근처에 있으며 세번호의 보트만 고치면 육지로 나갈 수 있다고 말했어요.

소년들은 악당들이 나타나자 미리 준비하고 계획한 대로 힘껏 싸웠어요. 악당들과의 싸움은 무척 위험했지만 결국 소년들이 이겼지요.

그 뒤 배를 수리한 열다섯 명의 소년과 강아지 팬, 케이트와 에번스는 배에 올라타고 섬을 떠났어요.

"안녕, 체어맨섬!"

마침내 소년들은 꿈에도 그리던 뉴질랜드의 오클랜드 항구에 도착했어요. 소년들이 표류했던 날로부터 2년 1개월째 되는 날이었답니다.

**수리
탐구** 1. 소년들이 무인도를 탈출할 때의 상황을 나타낸 다음 문장의 빈칸에 알맞은 숫자를 쓰세요.

체어맨섬을 나오는 보트에 탄 사람은 모두 ☐ 명이고,

개는 ☐ 마리입니다.

**사회
탐구** 2. 체어맨섬은 칠레 근처에 있는 섬이었습니다. 다음 설명을 읽고 칠레가 어디에 있는지 지도에서 찾아 ◯표 하세요.

- 칠레는 남아메리카 서남쪽에 있습니다.
- 칠레는 남북으로 길게 뻗어 있습니다.

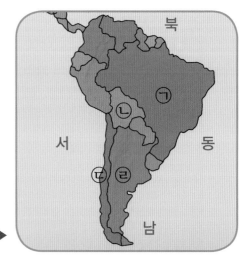

남아메리카 ▶

2주 4일
학습 끝!

붙임 딱지 붙여요.

논술 3. 소년들은 힘을 모아 악당을 물리치고 집으로 돌아왔습니다. 여러분이 힘을 모아서 어려운 일을 해결했던 경험을 보기 처럼 써 보세요.

보기   친구들과 힘을 모아서 회의 책상을 옮겼습니다.

1 "15소년 표류기"에 맞는 내용을 모두 고르세요. (   )

① 체어맨섬의 첫 번째 대통령은 고든입니다.

② 소년들은 악당들과의 싸움에서 이겼습니다.

③ 드니팬과 브리앙은 끝내 화해하지 않았습니다.

④ 소년들은 먹을 것을 직접 구할 필요가 없었습니다.

⑤ 열다섯 명의 소년들은 이 섬에 온 것이 좋았습니다.

⑥ 슬라우기호가 표류하게 된 이유는 자크 때문입니다.

2 소년들은 섬 곳곳에 특별한 의미를 담은 이름을 붙였습니다. 장소에 알맞은 이름을 찾아 줄로 이으세요.

(1)

소년들이 도착한 섬

(2)

배가 처음 도착한 곳

(3)

소년들이 살던 동굴

ㄱ 슬라우기만

ㄴ 체어맨섬

ㄷ 프랑스인의 동굴

3 이 글에 등장하는 소년 중에서 가장 마음에 드는 사람을 고르고, 그 이유를 보기 처럼 써 보세요.

보기

브리앙, 드니팬을 재규어로부터 구해 주었기 때문입니다.

4 "15소년 표류기"에서 일이 일어난 순서대로 번호를 쓰세요.

(1) 배가 무인도에 도착합니다.

(2) 브리앙이 케이트를 만납니다.

(3) 드니팬 일행이 동굴을 떠납니다.

(4) 고든을 첫 번째 대통령으로 뽑습니다.

(5) 브리앙을 두 번째 대통령으로 뽑습니다.

(6) 열다섯 명의 소년이 바다 위를 표류합니다.

(7) 악당들을 물리치고 집으로 돌아옵니다.

(   ) → (   ) → (   ) → (   ) → (   ) → (   ) → (   )

5 "15소년 표류기"의 등장인물에 맞는 특징을 찾아 각각 줄로 이으세요.

| 손재주가 좋음. | 성실하고 꼼꼼함. | 식사를 준비함. |

| 친구들과 어울리지 못함. | 브리앙을 미워하고 시기함. | 어린아이들에게 인기가 많음. |

69

무인도에서 살아남는 법

임무1 물을 구해라!

사람은 물을 먹지 않고는 살 수 없어요. 사방이 바다로 둘러싸인 무인도에서 마실 수 있는 물을 구하려면 어떻게 해야 할까요?

1. 강물을 찾는다.

2. 습기가 많은 땅을 판다.

3. 식물 줄기를 자른다.

임무2 불을 피워라!

아무도 살지 않는 무인도에 도착했다면 해가 지기 전에 빨리 불을 피워야 해요. 불은 어떻게 피워야 할까요?

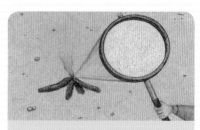
1. 돋보기로 빛을 모은다.

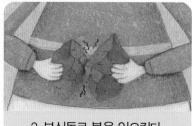
2. 부싯돌로 불을 일으킨다.

3. 나무를 비벼 마찰을 일으킨다.

임무3 집을 지어라!

야생 동물들이 있는 무인도에서 살아남기 위해서는 튼튼한 집이 있어야 해요. 추위도 막아 주고, 비도 피할 수 있는 집을 어떻게 지을까요?

1. 동굴을 이용한다.

2. 땅을 파서 쉴 곳을 만든다.

3. 나무로 집을 짓는다.

열다섯 명의 소년들보다 먼저 무인도에서 산
'로빈슨 크루소'를 만나다!

안녕하세요, 아저씨. 자기소개 좀 해 주세요.

나는 28년 동안 무인도에서 산 로빈슨 크루소예요. 무인도에서 살아남는 방법을 알려 드리기 위해 이렇게 나왔어요.

아저씨는 실제로 살았던 분이신가요?

아니에요. 나는 대니얼 디포라는 영국 작가가 쓴 "로빈슨 크루소"라는 소설의 주인공이에요.

소설이어도 무인도에서 혼자 살아가려면 힘드셨을 텐데, 어떻게 사셨는지 무척 궁금해요.

배가 폭풍우에 부서져 홀로 무인도에 도착했을 때는 무섭고 힘들었어요. 하지만 샘물이 흐르는 언덕에 오두막도 세우고, 밭도 일구고, 염소도 길들여 먹을 것을 직접 얻으면서 견뎠지요. 나무 기둥에 칼자국을 내어 날짜를 계산하기도 했어요.

무인도에서는 어떻게 탈출하셨나요?

어느 날, 배 한 대가 섬에 도착했어요. 그 배의 선장이 죽을 위기에 처한 걸 내가 구해 준 뒤 그 배를 타고 다시 영국으로 돌아왔지요.

✏️ **무인도에서 살아남기 위해 중요한 것이 무엇인지 써 보세요.**

내가 할래요

무인도에서의 생활을 일기로 기록해 봐요

"로빈슨 크루소"의 주인공 로빈슨 크루소는 매일매일 일기를 썼습니다. 로빈슨 크루소의 일기를 참고하여, 무인도에 도착한 열다섯 명의 소년 중 한 명이 되어 무인도에서 가장 기억에 남는 일을 일기로 써 보세요.

로빈슨 크루소의 일기

1659년 9월 30일

  항해 중에 거센 폭풍을 만나서 배는 부서지고 나만 혼자 이 섬에 도착했다. 동료들은 모두 죽고 나만 겨우 살았다. 이 섬에는 아무도 없다.

1659년 11월 18일

  이 섬에 살려면 삽이 필요하다. 브라질에서는 '철나무'라고 부르는 단단한 나무를 숲속에서 발견했다. 나무를 잘게 쪼개서 삽 모양으로 만들었다.

1663년 9월 18일

  이 섬에 들어온 지 4년이 되었다. 오늘은 온종일 비가 내려 안에만 있었다. 나는 언제쯤 이 섬에서 탈출할 수 있을까?

2주 학습 끝!

확인할 내용	잘함	보통임	부족함
1. 이번 주 학습을 5일(월요일~금요일) 안에 끝마쳤나요?			
2. 무인도의 특징을 잘 이해했나요?			
3. 어려운 상황에 처한 친구를 도울 수 있나요?			
4. 매일매일 일기를 쓸 수 있나요?			

2주 5일
학습 끝!

붙임 딱지 붙여요.

 전하는 말

3주

갯벌 탐사 여행

생각톡톡 사진 속 갯벌의 느낌을 써 보세요.

관련교과　[과학 3-2] 바닷가 주변의 모습 알기
[통합교과 봄1] 생명의 소중함 알기 / [통합교과 여름2] 여름과 관련 있는 동식물 알기

갯벌 탐사 여행

민서네는 아침부터 분주해요. 오늘 가족끼리 서해로 놀러 가기로 했거든요.

"아빠, 바다 보러 가는 거예요?"

"아니, 오늘은 바다가 아니라 벌판을 보러 갈 거란다."

민서는 아빠의 얘기에 고개를 갸웃거렸어요. 벌판이라면 땅인데 왜 굳이 차를 타고 멀리 가서 봐야 하는지 이해가 되지 않았거든요. 하지만 민서 마음은 무척 설레었어요.

민서네 가족이 탄 자동차는 세 시간쯤 달려서 서해에 도착했어요.

"허허, 아침 일찍부터 들떠서 좋아하더니 잠들었네. 민서야, 일어나렴."

아빠는 깜빡 잠이 든 민서를 깨웠어요. 민서는 눈을 비비며 일어났어요.

"아빠, 여기가 어디예요?"

"우리가 오늘 하루 신나게 놀 갯벌이란다."

하지만 민서가 본 갯벌은 찐득해 보이는 땅만 넓게 펼쳐져 있었어요.

사회 탐구 1. 민서네 가족이 간 '서해'는 다음 중 어디인가요? (　　　)

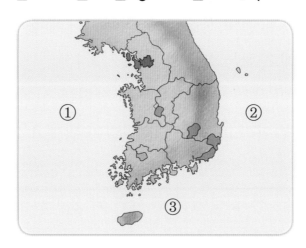

과학 탐구 2. 이 글로 보아 갯벌은 어디에 속한다고 할 수 있나요? (　　　)

산

벌판

바다

논술 3. 민서네 가족은 서해로 여행을 가기로 했습니다. 여행을 가기 전에 민서가 할 일을 보기 처럼 써 보세요.

보기　여행 갈 장소에 대해 미리 조사를 합니다.

민서네 가족은 갯벌 체험을 하기로 했어요. 갯벌에 들어가려면 모두 장화를 신어야 했지요. 민서는 가장 먼저 장화를 신고 아빠에게 물었어요.

"아빠, 비도 안 오는데 장화는 왜 신어요?"

"갯벌에 들어가면 발이 푹푹 빠지기 때문에 장화를 신어야 해."

"아까부터 여기를 갯벌이라고 하시던데 갯벌이 뭐예요?"

"갯벌은 바닷물에 의해 옮겨진 모래와 흙이 해안에 쌓여서 생긴 땅이란다. 우리나라에 있는 갯벌의 전체 넓이를 합치면 약 2,480제곱킬로미터인데, 이는 서울 넓이의 네 배가 조금 넘는단다."

"아빠, 이 넓은 갯벌에 집을 지을 수도 있어요?"

"아쉽지만 그럴 수는 없단다. 바닷물이 들어오면 갯벌은 물에 잠기거든. 그리고 무엇보다 땅이 단단하지 않아서 건물을 세울 수가 없어."

민서는 아빠의 말에 고개를 끄덕였어요.

1. 우리나라 갯벌의 전체 넓이와 서울의 넓이 비교를 다르게 말한 친구는 누구인가요? (   )

①
우리나라 갯벌의
전체 넓이는 서울 넓이의
네 배쯤 돼.

②
우리나라 갯벌의
전체 넓이는 서울 넓이의
약 네 배야.

③
우리나라 갯벌의
전체 넓이는 서울 넓이의
네 배와 똑같아.

④
우리나라 갯벌의
전체 넓이는 대략 서울
넓이의 네 배야.

2. 다음 중 갯벌에서 할 수 <u>없는</u> 것을 두 가지 고르세요. (   )

① 갯벌에서 수영을 합니다.   ② 갯벌에서 조개를 캡니다.
③ 갯벌 위에 집을 짓습니다.   ④ 갯벌 위를 걸어 다닙니다.

3. 갯벌을 체험하기 위해서 갖추어야 할 옷차림은 무엇일까요? 알맞은 옷차림에 대해서 두 가지만 써 보세요.

• 발이 빠졌을 때 양말이 젖지 않도록 장화를 신습니다.

민서네 가족은 조심조심 갯벌 안으로 들어갔어요.

"아빠, 갯벌 느낌이 이상해요. 살짝 녹은 초콜릿을 밟는 것 같아요."

"민서야, 그래도 먹으면 곤란해. 초콜릿이 아니라 흙이니까. 하하."

아빠는 갯벌이 만들어지기까지 오랜 시간이 걸린다고 하셨어요. 육지의 흙과 모래가 강물에 쓸려 바다로 흘러 들어가고, 그 흙과 모래가 섞인 바닷물이 다시 육지로 밀려오고, 또 바다로 밀려 나가면서 흙과 모래가 해안에 쌓인대요. 이러한 과정이 오랫동안 반복되면서 만들어진 땅이 바로 갯벌이래요.

"갯벌에 쌓이는 흙과 모래는 1년에 3~5밀리미터 정도란다."

"애개, 1년 동안 겨우 그것밖에 안 쌓여요?"

"그래서 이렇게 넓은 갯벌이 만들어지려면 아주 오랜 시간이 걸린단다."

"그럼 갯벌은 어마어마하게 나이가 많겠네요."

민서 말에 아빠는 웃으면서 그렇다고 대답해 주셨어요.

1. 민서는 갯벌의 느낌을 어떤 초콜릿과 같다고 했나요? (　　)

① 딱딱한 초콜릿

② 녹은 초콜릿

③ 가루 초콜릿

 2. 갯벌이 만들어지는 과정을 순서대로 번호를 쓰세요.

ㄱ 육지의 흙과 모래가 강물에 쓸려 갑니다.
ㄴ 이러한 과정이 반복되면서 갯벌이 됩니다.
ㄷ 강물에 있던 흙과 모래가 바다로 흘러 들어갑니다.
ㄹ 바닷물이 육지로 밀려오고 바다로 밀려 나가며 흙과 모래를 해안에 쌓습니다.

(　　) → (　　) → (　　) → (　　)

3주 1일
학습 끝!

붙임 딱지 붙여요.

 3. 갯벌이 만들어지는 것처럼 오랜 시간이 걸려서 이루어지는 것에는 무엇이 있는지 처럼 써 보세요.

> 보기　씨앗이 자라서 큰 나무가 되는 것

갯벌에서 신나게 놀던 민서가 갑자기 끙끙거렸어요. 갯벌에 발이 박혀서 빠지지 않았던 거예요. 민서가 아무리 노력해도 발은 빠지지 않았어요.

"아빠, 도와주세요. 발이 안 빠져요."

아빠는 민서의 발을 질퍽질퍽한 흙 속에서 꺼내 주셨어요. 그러고는 다음에는 이런 흙이 거의 없는 갯벌에 가자고 하셨지요.

"갯벌은 다 똑같지 않나요?"

"아니, 갯벌은 펄 갯벌, 모래 갯벌, 혼성 갯벌로 나눌 수 있어. 펄 갯벌은 이곳처럼 미끈미끈하고 고운 흙인 개흙으로 이루어져 있고, 바닷물의 흐름이 느린 곳에 만들어지지. 모래 갯벌은 주로 모래로 이루어져 있고 바닷물의 흐름이 빠른 곳에 만들어진단다. 혼성 갯벌은 모래와 개흙이 비슷하게 섞여 있는 갯벌이란다."

민서는 생각보다 갯벌의 종류가 많아서 놀랐어요.

1. 이 글의 내용으로 알맞지 <u>않은</u> 것은 어느 것인가요? (   )

① 민서가 신나게 놀던 갯벌은 펄 갯벌입니다.

② 민서는 갯벌의 종류가 많다는 것에 놀랐습니다.

③ 민서네 가족은 다음에 모래 갯벌이나 혼성 갯벌로 놀러 갈 것입니다.

④ 민서는 바닷물의 흐름이 느린 곳에 모래 갯벌이 만들어진다는 것을 알았습니다.

 2. 다음은 어떤 종류의 갯벌에 대한 설명인지 이 글에서 찾아 쓰세요.

- 발이 쑥쑥 빠지고 빼내기 힘듭니다.
- 바닷물의 흐름이 느린 곳에 많이 만들어집니다.
- 색깔은 거무스름하고 느낌은 미끈미끈한 개흙으로 이루어져 있습니다.

(   )

 **3. 민서가 갯벌에 대해 새롭게 알게 된 사실을 말풍선 안에 이어 써 보세요.**

갯벌은 다 똑같다고 생각했어. 그런데

_____

_____

83

민서네 가족은 갯벌에서 조개도 캐고 게도 잡았어요.

"엄마, 조개예요. 제가 드디어 조개를 캤어요."

"어머나, 꼬막이구나."

"꼬막이요? 아빠가 좋아하시는 그 꼬막이요?"

꼬막을 캐고 신기해하는 민서에게 엄마는 갯벌에는 꼬막을 비롯하여 가리맛조개, 바지락과 같은 조개와 고둥, 갯지렁이 등이 많다고 알려 주셨어요.

"엄마 아빠, 오늘 여기 있는 조개 많이 캐서 먹어요."

민서가 열심히 조개를 캐는데 누가 민서의 손가락을 꼬집었어요.

"아야!"

"이런, 농게에게 물렸구나. 갯벌에는 조개뿐만 아니라 칠게, 농게, 방게, 달랑게 같은 게들도 많이 산단다."

"아빠, 아파요. 빨리 이 게 떼어 주세요."

아빠가 웃으면서 얼른 민서의 손에서 농게를 떼어 내셨어요.

1. 다음은 갯벌에 사는 동물들입니다. 이것들을 조개와 게로 나누어 쓰세요.

개량조개   가리맛조개   바지락   농게

동죽   달랑게   꼬막   방게

(1) 조개 : ....

(2) 게 : ....

 2. 문장을 읽고 빈칸에 들어갈 한 글자로 된 낱말을 쓰세요.

- 갯벌에는 집게발을 가진 _____가 삽니다.

- 우리 집에는 멍멍 짖는 _____가 있습니다.

3. 밀물 때 물속에 잠기고 썰물 때 드러나는 갯벌에는 다양한 생물들이 삽니다. 그중 바지락이 되어 갯벌이 좋은 이유를 다음과 같이 써 보세요.

갯벌에 살면 바닷바람이 시원해서 좋아요.

85

갯벌에서 한참을 놀던 민서네 가족은 갯벌 옆에 있는 전망대로 올라갔어요.

"와, 여기서 보니 갯벌이 한눈에 다 보여요."

"민서야, 저기를 한번 보렴."

"새가 있어요. 무언가를 잡아먹고 있어요."

"갯벌에는 그 어느 곳보다 새들의 먹이가 많기 때문에 새들도 많이 온단다."

아빠는 이렇게 물가에서 사는 새들을 '물새'라고 한다고 알려 주셨어요. 그리고 물새에는 저어새, 물떼새, 도요새 등이 있는데, 이들은 게, 갯지렁이, 조개, 새끼 물고기 등을 잡아먹고 산다고 하셨지요. 또 새들의 부리는 주로 먹는 먹이를 잘 먹을 수 있도록 그 모양과 길이가 다르게 발달했다는 말도 덧붙이셨어요.

"저 새는 저어새라고 하는데, 천연기념물 제205-1호로 지정된 멸종 위기에 처한 새란다."

"저어새가 사는 갯벌은 아주 소중한 곳이네요."

"그렇지. 그래서 갯벌을 잘 지켜야 한단다."

* **멸종**: 생물의 한 종류가 아주 없어짐.

1. 이 글을 읽고 다음의 내용이 맞으면 ◯표, 틀리면 ✕표 하세요.

(1) 갯벌에는 새들의 먹이가 무척 많습니다. (　　　)

(2) 물새는 참새, 제비, 까치, 비둘기입니다. (　　　)

(3) 저어새는 어디에서나 흔히 볼 수 있습니다. (　　　)

(4) 물새는 그들의 먹이에 따라 부리 모양이 다릅니다. (　　　)

 2. 갯벌에 사는 다음 동물 중 그 분류가 다른 것은 어느 것인가요? (　　　)

①

도요새

②

저어새

③

말뚝망둑어

④

검은머리물떼새

3주 2일
학습 끝!

붙임 딱지 붙여요.

3. 갯벌을 지키려면 사람들이 쓰고 버리는 물에 오염 물질이 없어야 합니다. 이렇게 하기 위해서 여러분이 집에서 할 수 있는 일은 무엇인지 써 보세요.

• 샴푸를 조금만 사용합니다.
• 그릇을 씻거나 빨래를 할 때 쓰는 세제를 조금만 사용합니다.

갯질경이

퉁퉁마디

칠면초

"아빠, 갯벌에도 식물이 살아요? 이게 모두 갯벌에서 사는 식물들이래요."

민서가 갯벌 전시관에 걸려 있는 사진들을 보며 물었어요.

"그럼, 갯벌에도 식물들이 산단다."

"짠 바닷물이 들어왔다 나갔다 하는 갯벌에 식물이 살다니 신기해요."

여름에 작은 꽃이 피는 갯질경이, 퉁퉁하게 생긴 퉁퉁마디, 전나무처럼 생긴 나문재, 잎의 색이 변하는 칠면초 등이 갯벌에 사는 대표적인 식물이었어요. 이 밖에도 많은 식물들이 갯벌에 살고 있었어요.

"이렇게 소금기가 있는 해안가에 사는 식물을 염생 식물이라고 한단다."

"네? 염색 식물이요?"

"하하, '소금 염(鹽)' 자를 써서 염생 식물. 이 식물들이 많이 있는 곳에서는 게 나 고둥, 갯지렁이 등이 살기도 하고 새들이 알을 낳기도 한단다."

1. 밑줄 친 낱말과 같은 뜻으로 쓰인 것은 어느 것인가요? (   )

짠 바닷물이 들어왔다 나갔다 하는 갯벌

① 빨래를 짜다.   ② 계획을 짜다.
③ 기름을 짜다.   ④ 찌개가 짜다.

 2. 갯벌에서 사는 식물과 그에 대한 설명을 줄로 이으세요.

(1)

퉁퉁마디

⊙ 높이는 50~100센티미터이고, 잎은 뾰족하고 가늘며 뭉쳐납니다. 모양은 작은 전나무 같습니다.

(2)

나문재

⊙ 높이는 15~30센티미터이고 잎은 없습니다. 줄기는 통통하며 늦여름에 줄기 전체가 붉은색으로 변합니다.

(3)
칠면초

⊙ 높이는 15~50센티미터이고 잎은 두껍고 둥근 모양입니다. 잎의 색깔이 녹색에서 붉은색으로 변합니다.

 3. 칠면초나 퉁퉁마디 같은 염생 식물과 일반 식물의 가장 큰 차이점을 써 보세요.

"민서야, 아빠가 내는 문제를 맞혀 보렴. 다음 중 갯벌의 역할이 아닌 것은? 1번 다양한 생물들이 사는 곳, 2번 물새들이 먹이를 구하는 곳, 3번 오염 물질을 거르는 곳, 4번 홍수를 조절해 주는 곳."

"음, 3번이요?"

"땡! 갯벌은 바다로 흘러 들어가는 오염 물질을 중간에서 걸러 낸단다. 그리고 물을 많이 흡수할 수 있어서 홍수가 나는 것을 막아 주기도 하지. 그래서 '답이 없다'가 정답이란다."

"갯벌은 정말 많은 일을 하네요. 저기 갯벌에서 조개를 캐는 분들에게는 갯벌이 어떤 곳이에요?"

"아빠가 회사에서 일을 하고 돈을 버는 것처럼 저분들은 갯벌에서 조개, 고둥 등을 캐서 돈을 번단다. 그러니까 갯벌이 일터라고 할 수 있지."

민서는 갯벌이 이렇게 많은 일을 한다는 사실에 또다시 놀랐어요.

1. 갯벌의 역할에 대해서 <u>잘못</u> 말하고 있는 것은 어느 것인가요? (   )

① 갯벌 때문에 물이 깨끗해졌어.

② 갯벌은 우리의 편안한 집이야.

③ 갯벌 때문에 살기가 힘들어.

 2. 갯벌은 바닷물이 드나드는 곳입니다. 다음 중 바다와 강의 차이점이 <u>아닌</u> 것은 어느 것인가요? (   )

① 강보다 바다가 더 넓습니다.

② 바다와 강에서 사는 생물이 다릅니다.

③ 밀물과 썰물은 주로 강에서만 일어납니다.

④ 바닷물은 소금기가 있지만, 강물은 소금기가 없습니다.

3. 만약 갯벌이 없어지면 어떻게 될지 보기 처럼 써 보세요.

보기 갯벌이 없어지면 조개들이 살 곳이 없어집니다.

전시관의 한쪽에는 우리나라의 갯벌이 표시되어 있는 지도가 걸려 있었어요.

"우아, 우리나라에 갯벌이 이렇게 많아요?"

"아주 많지? 우리나라 전체 갯벌의 약 83.6%가 서해안에 있고, 나머지는 남해안에 있단다. 서해안과 남해안에는 한강, 금강, 낙동강 등 강과 바다가 만나는 하구가 있어. 또 해안선이 구불구불 복잡해서 바닷물의 흐름이 약하고 바다의 깊이가 얕아. 그리고 밀물과 썰물의 차이도 크지. 이것은 갯벌이 생기기에 좋은 조건이야. 그에 비해 동해안은 해안선도 단조롭고 바다의 깊이도 깊으며 밀물과 썰물의 차이도 크지 않아서 갯벌이 거의 없단다."

"아빠, 우리나라의 유명한 갯벌들을 다 가 보면 안 돼요?"

"그럴까? 시간이 될 때마다 한 곳씩 돌아보는 것도 재미있겠다."

민서는 아빠의 말에 벌써부터 신이 났어요.

※ **해안선**: 바다와 육지가 맞닿은 선.

1. 다음 중 갯벌이 만들어지기에 좋은 조건이 <u>아닌</u> 것은 어느 것인가요?

( )

① 바다의 깊이가 깊습니다.

② 밀물과 썰물의 차이가 크게 납니다.

③ 강과 바다가 만나는 하구가 있습니다.

④ 해안선이 심하게 굽어져 있어서 바닷물의 흐름이 약합니다.

 2. 다음에서 설명하고 있는 것은 무엇인지 이 글에서 찾아 쓰세요.

- 우리나라 서쪽에 있는 해안입니다.
- 이곳에 우리나라 전체 갯벌의 약 83.6%가 있습니다.
- 해안선이 이리저리 심하게 굽어져 있습니다.

( )

3주 3일
학습 끝!

붙임 딱지 붙여요.

 3. 갯벌 전시관과 같은 공공장소에서 지켜야 할 예절을 두 가지만 더 써 보세요.

- 전시물을 함부로 만지지 않습니다.
- 장난을 치거나 뛰어다니지 않습니다.

아빠는 전시관에서 만난 외국인에게 우리나라의 갯벌에 대해 자세히 설명해 주셨어요. 민서는 그런 아빠가 무척 자랑스러웠어요.

"아빠, 우리나라 갯벌을 보러 온 외국인들이 많네요?"

"그건 우리나라 서해안 갯벌이 세계 5대 갯벌 중 하나라서 그렇단다."

"정말요? 대단하네요."

"캐나다 동부 연안, 미국 동부 조지아 연안, 남아메리카 북부에 있는 아마존 유역 연안, 덴마크와 독일, 네덜란드에 걸쳐져 있는 북해 연안과 함께 우리나라 서해안 갯벌은 세계 5대 갯벌로 손꼽힌단다. 특히 우리나라 서해안 갯벌은 생물의 종류가 풍부한 것으로 유명하지."

민서는 세계에서 알아주는 갯벌이 우리나라에 있는 게 자랑스러웠고, 또 이렇게 직접 보고 있으니 기분이 더욱 좋았어요.

북해 연안

대한민국 서해안

캐나다 동부 연안

미국 동부 조지아 연안

아마존 유역 연안

1. 우리나라 서해안 갯벌은 무엇으로 유명한가요? (　　　)

① 아시아에 있는 유일한 갯벌입니다.
② 갯벌 주위에 사는 사람들이 많습니다.
③ 갯벌에 사는 생물의 종류가 풍부합니다.
④ 갯벌의 넓이가 세계에서 다섯 번째로 넓습니다.

 2. 밑줄 친 낱말과 의미가 같지 <u>않은</u> 낱말은 어느 것인가요? (　　　)

> 우리나라 서해안 갯벌은 세계 5대 갯벌로 <u>손꼽힙니다</u>.

① 뛰어납니다　　　② 특별합니다　　　③ 훌륭합니다　　　④ 평범합니다

 3. 여러분이 외국인에게 우리나라 갯벌을 자랑한다면 어떤 점을 자랑할지 보기 처럼 써 보세요.

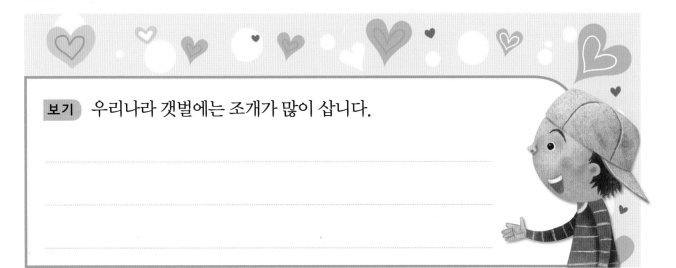

보기 우리나라 갯벌에는 조개가 많이 삽니다.

"아빠. 저건 뭐 하는 거예요?"

"저건 바다를 둑으로 막은 다음 땅으로 만드는 간척 사업이란다. 땅이 늘어나면 그만큼 농사를 더 지을 수 있을 거라고 생각해서 예전에는 간척을 많이 했지. 그런데 간척 사업으로 갯벌이 없어지면서 많은 문제점이 생겼단다. 바닷물이 오염되었고, 갯벌에 살던 많은 생물들이 죽어서 물새들도 찾아오지 않게 되어 자연환경이 점점 파괴되었지."

아빠는 걱정이 가득한 목소리로 말씀하셨어요.

"아빠, 그럼 이제부터라도 갯벌을 보호해야겠네요?"

"자연은 한 번 파괴되면 원래대로 되돌리기가 무척 힘드니 잘 보호해야지."

그러고는 갯벌의 중요성을 깨달은 전 세계 사람들이 갯벌을 보호하기 위해 노력하고 있다고 말씀해 주셨어요. 또 민서와 동생에게도 갯벌의 소중함을 알고 지켜야 한다고 강조하셨지요.

※ **간척**: 육지와 맞닿은 바다나 호수의 일부를 둑으로 막고, 그 안의 물을 빼내어 육지로 만드는 일.

1. 다음 중 간척 사업의 문제점이 <u>아닌</u> 것은 무엇인가요? (   )

① 땅이 넓어졌습니다.   ② 갯벌이 사라졌습니다.

③ 바닷물이 오염되었습니다.   ④ 조개, 게 등이 많이 죽었습니다.

 2. 다음 중 갯벌을 보호하는 행동이 <u>아닌</u> 것은 무엇인가요? (   )

① 갯벌에 건물을 짓습니다.

② 갯벌에 쓰레기를 버리지 않습니다.

③ 갯벌의 소중함을 많은 사람들에게 알립니다.

④ 갯벌을 더럽히지 말자고 세계 여러 나라와 약속을 합니다.

 3. 갯벌의 소중함을 보기 와 같이 간단한 그림과 글로 표현해 보세요.

보기

갯벌에는 많은 생물들이 살아요.

갯벌은 우리들의 집이에요.

97

"아빠, 우리 다음에 또 갯벌에 와요. 오늘 무척 재미있고 신났어요."

"그러자. 그때는 갯벌 탐사를 제대로 하게 좀 더 준비를 하고 오자."

아빠는 갯벌 탐사 준비물이라고 적힌 수첩을 보여 주셨어요. 수첩에는 모자, 갈아입을 옷, 긴팔 옷, 장화와 수건 등이 적혀 있었지요.

"아빠, 손이 다치지 않게 면장갑과 생물들을 자세히 볼 수 있는 돋보기도 있으면 좋겠어요."

"민서 덕분에 다음에는 제대로 갯벌 탐사를 할 수 있겠구나. 참, 갯벌을 탐사하려면 무엇보다 바닷물이 빠져서 갯벌이 많이 드러나는 시각을 아는 것이 중요하단다. 그리고 바닷물이 다시 들어오는 시각도 알고 있어야 해."

"네, 이 수첩에 잘 적을게요."

집으로 돌아가는 차 안에서 잠이 든 민서는 즐거운 꿈을 꾸었어요. 무슨 꿈이냐고요? 넓은 갯벌에서 마음껏 뛰어노는 꿈이랍니다.

1. 밑줄 친 말과 바꿔 쓸 수 있는 말을 두 가지 고르세요. (   )

갯벌에 갈 때에는 <u>바닷물이 빠져나가는</u> 시각을 알아야 합니다.

① 썰물   ② 밀물
③ 갯벌이 물에 잠겨 있는   ④ 갯벌이 가장 많이 드러나는

 2. 갯벌 탐사를 할 때 준비해야 할 물건이 <u>아닌</u> 것은 무엇인가요? (   )

①
장화

②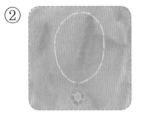
목걸이

③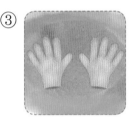
면장갑

④
갈아입을 옷

 3. 갯벌 탐사를 할 때 바닷물이 다시 들어오는 시각을 알고 있어야 하는 까닭이 무엇인지 써 보세요.

3주 4일
학습 끝!

붙임 딱지 붙여요.

1 다음은 갯벌의 모습입니다. 갯벌에 사는 동물과 식물이 <u>아닌</u> 것을 모두 골라 쓰세요.

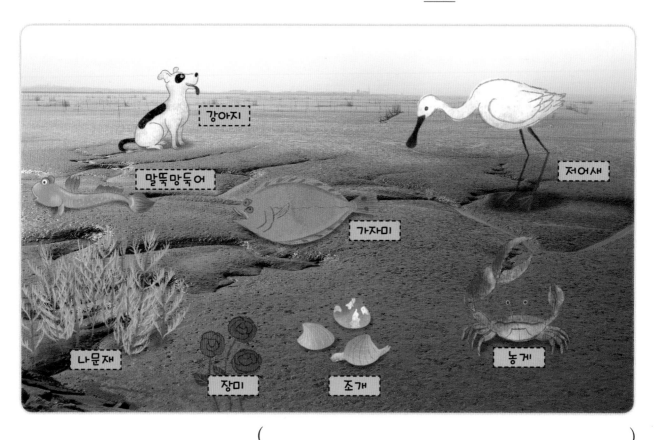

강아지

저어새

말뚝망둑어

가자미

나문재

농게

장미

조개

(   )

2 다음의 십자말풀이를 풀어 빈칸을 채우세요.

			①
②			
③			

🔒 **가로 보기**

② 갯벌의 한 종류로 모래와 개흙이 비슷하게 섞여 있는 갯벌.

③ 갯벌에서 사는 조개의 한 종류로 '○○○ 칼국수'로 유명하다.

🔒 **세로 보기**

① 바닷물에 의해 옮겨진 모래와 흙이 해안에 쌓여서 생긴 넓은 땅.

③ 갯벌 탐사를 할 때에는 활동하기에 편한 ○○가 좋다.

3 다음 지도에 표시된 곳은 세계 5대 갯벌입니다. 각각 어느 갯벌에 해당하는지 보기 에 서 골라 빈칸에 그 기호를 쓰세요.

보기   ㉠ 대한민국 서해안   ㉡ 캐나다 동부 연안
       ㉢ 미국 동부 조지아 연안   ㉣ 아마존 유역 연안   ㉤ 북해 연안

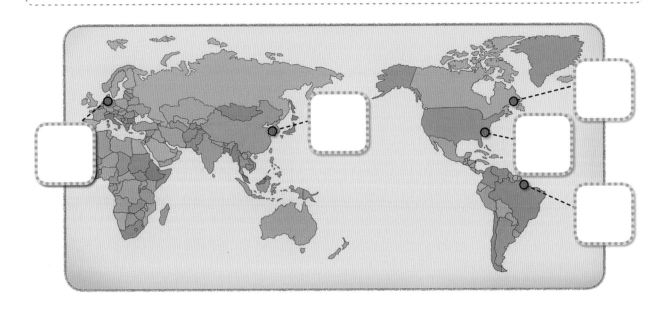

4 갯벌 탐사에 적합한 복장을 입지 <u>않은</u> 친구는 누구인가요? (   )

① 치마와 구두로 멋을 냈어.

② 모자를 쓰고 긴팔 옷을 입었어.

③ 장화를 신었고 옷을 버릴까 봐 갈아입을 옷을 준비했어.

고마운 갯벌이에요

갯벌은 쓰임새가 많은 고마운 존재랍니다. 사람들은 이러한 갯벌을 어떻게 이용하는지 자세히 살펴봐요.

삶의 터전인 갯벌

갯벌에서 조개를 캐거나 게, 낙지 등을 잡으며 생활하는 사람들이 있어요. 잡은 해산물 등을 팔아서 그 돈으로 삶을 꾸려 나가는 어민들에게 갯벌은 삶의 터전이랍니다. 특히 요즈음은 갯벌에서 조개를 인공으로 키워서 거두어들이는 양식업을 하는 사람들도 많아요.

갯벌은 영양분이 풍부해서 다양한 생물들이 살고 있어요. 그래서 많은 해산물들이 잡힌답니다. 해산물의 수확량만 봐도 갯벌은 농사를 짓는 땅 못지않게 소중한 땅이에요. 그리고 갯벌은 오염 물질도 걸러 주고, 홍수가 나는 것까지 막아 주기 때문에 매우 가치 있는 땅이랍니다.

즐거운 공간인 갯벌

　우리나라의 갯벌은 세계적으로 넓고 흙이 부드럽기로 유명해요. 그래서 이러한 갯벌을 관광지로 만들어 이익을 보기도 하지요.

　갯벌을 '생태 공원'이나 '체험 학습장'으로 만들어 학생들에게 갯벌의 소중함을 알리거나, 갯벌 자체를 상품으로 만들어 관광객을 끌어들이기도 합니다. '머드 축제'가 갯벌을 상품으로 만든 대표적인 예이지요. '머드(mud)'는 영어로 갯벌에 있는 진흙을 가리키는 말입니다.

　예로부터 진흙은 피부를 가꾸고 피부 질병을 고치는 데 사용되어 왔어요. 피부에 좋은 진흙이 있는 갯벌에서 뒹굴며 노는 머드 축제는 많은 외국인들이 찾아올 정도로 인기가 많아요. 현재 우리나라에서는 충청남도 보령시 대천 해수욕장에서 열리는 '보령 머드 축제'가 가장 많이 알려져 있답니다.

✎ 사람들은 갯벌을 어떻게 이용하고 있는지 두 가지 이상 써 보세요.

내가 할래요

우리나라의 갯벌로 놀러 오세요

세계 5대 갯벌로 꼽힐 정도로 유명한 우리나라의 갯벌에 외국인들이 올 수 있도록 보기 처럼 글을 써 보세요. 그림을 그리거나 사진도 붙여 보세요.

보기

갯벌을 보러 대한민국으로 오세요!

대한민국에는 자연의 숨결이 살아 있는 갯벌이 있습니다.
건강한 생명이 숨 쉬는 갯벌을 직접 만지고,
갯벌에서 사는 다양한 생물들도 볼 수 있습니다.
세계적으로 유명한 갯벌의 나라,
대한민국으로 놀러 오세요.

확인할 내용	잘함	보통임	부족함
1. 이번 주 학습을 5일(월요일~금요일) 안에 끝마쳤나요?			
2. 갯벌의 특징을 잘 이해했나요?			
3. 갯벌에 사는 동물과 식물에 대해 알았나요?			
4. 갯벌을 지키기 위해 할 수 있는 일이 무엇인지 알았나요?			

3주 5일
학습 끝!

붙임 딱지 붙여요.

전하는 말

4주

기행문을 써 봐요

생각톡톡 여행한 곳 중에서 가장 기억에 남는 곳을 써 보세요.

관련교과 [국어 3-2] 인상 깊은 경험으로 글쓰기
[국어 5-1] 견문과 감상이 잘 드러나게 기행문 쓰기

홍릉숲에 다녀와서

지난 토요일에 우리 가족은 삼림욕을 하러 홍릉숲에 다녀왔다. 인터넷에서 미리 알아보니 홍릉숲은 1922년에 문을 연 우리나라 최초의 수목원으로, 서울 동대문구에 위치해 있었다.

우리 가족은 집에서 아빠 차로 한 시간 정도 걸려서 홍릉숲에 도착했다. 홍릉숲에 얼마나 많은 꽃과 나무가 있는지 눈으로 직접 보고 싶었던 나는 도착하는 순간부터 마음이 설레었다.

날씨가 좋아서인지 홍릉숲에 나들이 온 사람들이 무척 많았다. 매표소에서 표를 사고 홍릉숲 안으로 들어가니 푸른 나무들이 우리 가족을 반겼다. 꽃들도 우리를 보고 방긋방긋 웃는 것 같아 기분이 좋았다.

나무로 만든 길을 따라 조금 올라가니 음료수 자동판매기가 보였다. 아빠가 언니와 나에게 음료수를 하나씩 사 주셨다. 꽃과 나무 속에서 마시니 음료수가 더 시원하고 맛있었다.

※ 삼림욕: 숲에서 산책하거나 온몸을 드러내고 숲 기운을 쐬는 일.

 1. 홍릉숲에 대한 설명으로 알맞지 <u>않은</u> 것은 어느 것인가요? (   )

① 음식을 파는 식당입니다.　　　　② 서울 동대문구에 있습니다.

③ 1922년에 문을 열었습니다.　　　④ 우리나라 최초의 수목원입니다.

2. 글쓴이는 인터넷에서 홍릉숲에 대해서 미리 조사를 했습니다. 이처럼 여행을 가기 전에 여행지를 미리 조사하면 어떤 점이 좋은지 두 가지를 고르세요.

(   )

① 시간을 낭비할 수 있습니다.

② 친구들에게 뽐낼 수 있습니다.

③ 시간을 알차게 보낼 수 있습니다.

④ 관심 있는 곳을 자세하게 살펴볼 수 있습니다.

3. 이 글은 홍릉숲에 다녀온 뒤에 쓴 기행문의 처음 부분입니다. 기행문의 첫 부분에 들어간 내용을 이 글에서 찾아 써 보세요.

(1) 여행지	
(2) 여행 동기(원인)	삼림욕을 하기 위해서
(3) 여행지에 도착하기까지의 과정	
(4) 여행에 대한 기대감	

　음료수를 마신 곳 맞은편에는 전시관이 있었다. 가까이 가 보니 '산림과학관'이라고 쓰여 있었다. 나무로 지어진 건물 안으로 들어가니 우리나라 고유의 나무들과 나무에 대해 알 수 있는 사진, 숲에서 사는 여러 생물들의 모형, 나무로 만든 악기와 구조물 등이 전시되어 있었다. 처음에는 전시물을 구경하는 것이 흥미로웠지만 시간이 지나자 약간 지루해서 전시관을 빨리 나가자고 엄마와 아빠를 졸랐다.

　산림과학관을 나와서 오솔길을 따라 올라가니 네모난 팻말이 보였다. 팻말에는 '명성 황후의 능인 홍릉이 있던 곳'이라고 쓰여 있었다. 예전에는 이곳이 억울하게 돌아가신 명성 황후가 묻힌 홍릉이었기에 이 수목원을 '홍릉 수목원'으로 불렀다고 아빠가 말씀해 주셨다. 명성 황후를 생각하니 마음이 아팠다.

　수목원을 돌아보는 동안 나무들이 그늘을 만들어 주어 시원하면서도 기분 좋았다. 곳곳에서 솔솔 풍기는 나무와 꽃향내에 많이 걸어도 힘들지 않았다.

* **명성 황후**: 조선 고종의 비.

1. 이 글로 보아 홍릉숲은 예전에 누구의 무덤이 있던 곳인가요? (   )

① 낙랑 공주   ② 명성 황후   ③ 선덕 여왕   ④ 선화 공주

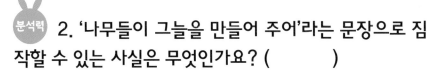 **2. '나무들이 그늘을 만들어 주어'라는 문장으로 짐작할 수 있는 사실은 무엇인가요? (   )**

① 날씨가 흐립니다.

② 나무들이 우산을 들고 있습니다.

③ 나뭇가지에 열매가 맺혀 있습니다.

④ 나무들이 키가 크고 잎이 무성합니다.

3. 이 글은 기행문의 가운데 부분입니다. 기행문의 가운데 부분에 들어간 내용을 이 글에서 찾아 한 가지씩 더 써 보세요.

(1) 다닌 곳: 산림과학관, _____

(2) 본 것: 숲에서 사는 여러 생물들의 모형, _____

(3) 느낀 것: 처음에는 전시물을 구경하는 것이 흥미로웠지만 시간이 지나자 약간
　　　지루했다.

_____

_____

우리는 나무를 아기자기하게 꾸며 놓은 '조경인의 숲'에도 갔다. 아빠가 조경인의 숲이 홍릉숲의 정상이라고 했는데 생각보다 높지는 않았다.

사방에서 불어오는 바람과 보기 좋게 깎은 나무들이 어우러진 이곳은 아름다운 정원 같았다.

집으로 돌아갈 시간이 되어 홍릉숲 정문을 향해 걷고 있는데, 길 양쪽으로 활짝 핀 무궁화가 보였다.

"우아, 예쁘다!"

우리 가족은 누가 먼저랄 것도 없이 무궁화꽃을 보자마자 외쳤다. 무궁화꽃이 예쁘다는 걸 처음 알았다는 것이 조금 부끄러웠다.

나는 홍릉숲에 가기 전까지는 나무를 시시하게 생각했는데, 홍릉숲에 다녀오고 나서는 나무와 같은 식물이 얼마나 소중한지 깨달았다. 다음에 가게 되면 나무, 풀, 꽃 등의 모습을 사진으로 찍어서 관찰 일지를 써야겠다.

※ **조경인**: 경치를 아름답게 꾸미는 사람.

분석력 1. '무궁화꽃', '장미꽃', '해바라기'라는 낱말을 모두 포함하는 낱말은 무엇인지 이 글에서 찾아 빈칸에 쓰세요.

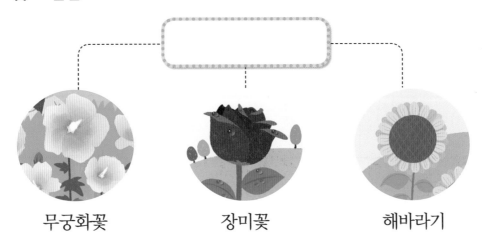

무궁화꽃   장미꽃   해바라기

비판력 2. 다음 중 홍릉숲에서 바르지 <u>못한</u> 행동을 한 친구는 누구인가요? (   )

①
②
③

논술 3. 이 글의 마지막 문단은 기행문의 마지막 부분으로 여행을 마친 소감이 드러나 있습니다. 글쓴이가 홍릉숲에 다녀와서 생각하거나 느낀 점이 무엇인지 써 보세요.

4주 1일
학습 끝!

붙임 딱지 붙여요.

113

02 놀이공원에 다녀와서

제리에게

제리야, 오늘 집에 혼자 있어서 심심했지? 우리가 내 생일을 맞아 놀이공원에서 신나게 놀고 있을 때 너는 외롭게 집을 지켰겠네. 미안해. 그 대신 놀이공원에서 있었던 얘기를 들려줄게.

아침을 먹자마자 엄마와 나, 지유, 이모, 동빈이는 이모 차를 타고 놀이공원으로 출발했어. 동빈이는 이모 아들인데, 우리 집에 자주 와서 너도 알지?

길이 좀 막혔지만, 엄마가 준비한 간식을 먹으며 가니 시간이 금방 가더라. 간식은 내가 가장 좋아하는 초코 과자였는데, 엄마가 직접 만드신 거라 더 맛있었어. 엄마가 만든 초코 과자를 오늘 처음 먹어 본 동빈이가 맛있다며 계속 먹어서 나와 지유는 두 개밖에 먹지 못해서 좀 아쉬웠어.

하지만 놀이공원에 간다는 생각에 아쉬움은 금방 가셨어. 여러 가지 놀이 기구를 탈 생각을 하니까 가슴이 두근두근 뛰면서 마냥 좋았거든.

이해력 1. 이 글에 대한 설명으로 알맞지 <u>않은</u> 것은 어느 것인가요? (   )

① 이 글은 편지글 형식의 기행문입니다.

② 이 글에는 여행지에 도착하여 보고 들은 것이 나타나 있습니다.

③ 이 글에는 여행지로 가는 동안에 있었던 일이 나타나 있습니다.

④ 이 글에는 여행 장소와 여행에 대한 기대감 등이 나타나 있습니다.

분석력 2. 이 글의 다음 내용은 기행문에 들어가야 할 내용 중 어디에 해당하는지 줄로 이으세요.

(1) 우리가 내 생일을 맞아 놀이공원에서 신나게 놀고 있을 때. ・

・ ㉠ 여행에 대한 기대감

(2) 엄마와 나, 지유, 이모, 동빈이는 이모 차를 타고 놀이공원으로 출발했어. ・

・ ㉡ 여행의 동기와 장소

(3) 여러 가지 놀이 기구를 탈 생각을 하니까 가슴이 두근두근 뛰었어. ・

・ ㉢ 함께 여행한 사람과 여행 방법

논술 3. 글쓴이는 여행에 대한 기대감을 '두근두근'과 같이 모양을 흉내 내는 말로 표현했습니다. 여러분이라면 신나는 기분을 어떻게 표현할지 '모양이나 소리를 흉내 내는 말'을 사용하여 다음 문장을 완성해 보세요.

> **보기** 여러 가지 놀이 기구를 탈 생각을 하니까 가슴이 <u>두근두근</u> 뛰었다.

여러 가지 놀이 기구를 탈 생각을 하니까 _____

_____

놀이공원에 도착해서 우리는 놀이공원 자유 이용권을 샀어. 그것은 온종일 아무 놀이 기구나 마음대로 탈 수 있는 표야.

나는 '가장 먼저 뭘 탈까?' 하고 놀이 기구들을 죽 둘러보았어. 그런데 놀이 기구마다 벌써부터 많은 사람들이 줄을 서 있지 뭐니. 특히 재미있어 보이는 놀이 기구 앞에는 사람들이 무척 많았어.

우리는 사람들이 줄을 덜 선 놀이 기구 앞으로 가서 기다렸어. 빨리 놀이 기구를 타고 싶어서였지. 우리가 맨 처음으로 탄 놀이 기구가 뭔지 아니? 엄마가 좋아하는 커피 알지? 그 커피 잔처럼 생긴 회전 바구니에 들어가면 빙글빙글 돌아가는 놀이 기구야.

지유도 탈 수 있어서 시시할 줄 알았는데 무척 재미있더라. 그때 '제리 너도 함께 왔다면 얼마나 좋았을까?' 하고 생각했어. 너와 함께 회전 바구니를 탔다면 더 재미있었을 텐데 많이 아쉬웠어.

1. 글쓴이가 사람들이 줄을 덜 선 놀이 기구를 먼저 타기로 한 까닭은 무엇인가요? (　　　　)

① 그 놀이 기구가 재미있을 것 같아서

② 그 놀이 기구가 가장 가까이에 있어서

③ 그 놀이 기구를 먼저 타는 게 규칙이라서

④ 차례를 기다리는 시간을 줄여서 놀이 기구를 빨리 타려고

 2. 다음 문장을 보기 처럼 바꾸어 써 보세요.

보기
　　　　　　　　　회전 바구니는 커피 잔처럼 생겼다.
　　　　　　　→ 커피 잔처럼 생긴 회전 바구니

내 동생은 코알라처럼 귀엽다.

→ .... 내 동생

3. 글쓴이가 회전 바구니 놀이 기구를 탈 때 왜 제리 생각이 났을까요? 글쓴이의 마음을 생각하며 써 보세요.

두 번째로 탄 건 회전목마야. 회전목마는 좀 시시했어. 빠르게 돌아가지도 않고 무섭지도 않았거든. 동빈이는 처음에는 무섭다고 울더니 조금 지나니까 신나게 웃었어. 나중에는 회전목마에서 내리지 않겠다고 떼를 썼어.

참, 엄마도 우리와 같이 회전목마를 타셨어. 어른이 놀이 기구를 탄다니까 신기하지? 엄마는 놀이 기구를 나보다 더 좋아하셔. 다른 놀이 기구를 빨리 타러 가자고 나보다 더 서두르셨거든.

이모는 회전목마 밖에서 우리들 사진을 찍어 주셨어. 나중에 사진을 보니 엄마가 가장 환하게 웃고 계셨어.

세 번째로 탄 놀이 기구는 범퍼카야. 이건 우리처럼 어린아이가 직접 운전을 할 수 있는데, 아빠처럼 어른이 된 것 같아서 정말 신났어. 다른 차랑 부딪히지 않기 위해 아슬아슬 피하는 게 아주아주 재밌었어. 동빈이는 계속 이리로, 저리로를 외치면서 즐거워했단다.

1. 이 글에 나타난 회전목마에 대해 바르게 설명한 것은 어느 것인가요?

(   )

① 목마를 타고 빙글빙글 도는 놀이 기구입니다.
② 목마를 타고 신나게 달리는 놀이 기구입니다.
③ 목마가 빠르게 회전해서 어린이들이 타기에 위험합니다.
④ 어린이가 목마를 타고 울면 멈추도록 만들어져 있습니다.

2. '엄마도 우리와 같이 회전목마를 타셨어.'라는 문장은 기행문에서 무엇을 나타낸 것인가요? (   )

① 여행하면서 본 것
② 여행하면서 들은 것
③ 여행하면서 다닌 곳
④ 여행하면서 생각한 것

3. 이 글에서 글쓴이는 범퍼카를 탄 느낌을 썼습니다. 여러분이 타 본 놀이 기구 중 하나를 정해서 그것을 탔을 때의 느낌을 보기 처럼 써 보세요.

보기   범퍼카를 타면 아빠처럼 어른이 된 것 같아서 신납니다.

4주 2일 학습 끝!

붙임 딱지 붙여요.

　범퍼카를 탄 뒤에 우리는 평평한 곳에 돗자리를 깔고 점심을 먹었어. 따뜻한 어묵탕 국물과 김밥을 함께 먹으니 더 맛있었어.

　동빈이는 밥을 먹으면서도 계속 범퍼카 얘기만 했어. 무척 재미있었나 봐. 나도 범퍼카가 가장 재미있었는데, 역시 남자들끼리는 통하는 게 있어.

　제리야, 너에게만 말하는 비밀인데 동빈이가 내 친동생이었으면 좋겠어. 지유도 좋지만 남동생이 있으면 축구도 같이 할 수 있잖아.

　점심을 먹고 다시 놀이 기구를 타려는데 사람들이 아침보다 더 많아졌어. 인기가 있는 놀이 기구 앞에는 사람들의 줄이 끝이 보이지 않았지.

　그래도 난 큰 배가 공중에서 왔다 갔다 하는 놀이 기구와 하늘 위를 달리는 기차는 꼭 타고 싶었어. 그렇게 기다리고 기다려서 내가 타고 싶었던 놀이 기구를 탄 뒤에 마지막으로 또다시 회전 바구니를 탔어. 똑같은 놀이 기구를 두 번이나 타도 재미있었어.

이해력 1. 글쓴이는 왜 동빈이가 친동생이었으면 좋겠다고 생각했나요? (   )

① 동빈이가 여동생이 없어서

② 동빈이가 지유보다 성격이 좋아서

③ 동빈이가 지유보다 놀이 기구를 잘 타서

④ 동빈이와 통하는 게 있고 축구도 같이 할 수 있어서

분석력 2. 다음 문장은 기행문에 들어가야 할 내용 중 어디에 해당하는지 보기 에서 골라 기호를 쓰세요.

보기   ㉠ 본 것   ㉡ 들은 것   ㉢ 생각하거나 느낀 것

⑴ 사람들이 아침보다 더 많아졌다. (   )

⑵ 회전 바구니를 두 번이나 타도 재미있었다. (   )

논술 3. 여러분에게 오늘 있었던 일을 보기 처럼 '사실'과 '생각이나 느낌'으로 나누어서 써 보세요.

보기   사실 회전 바구니를 두 번 탔습니다.

생각이나 느낌 똑같은 놀이 기구를 두 번이나 타도 재미있었습니다.

사실
....

생각이나 느낌
....

....

....

　아침부터 계속 놀이공원을 돌면서 놀이 기구를 탔더니 오후에는 다리도 아프고 조금 힘들었어. 우리는 시원하고 달콤한 아이스크림을 먹으면서 잠시 쉬었지. 그러고는 짐을 정리해서 다시 이모 차를 타고 집으로 돌아왔어.

　동빈이와 지유는 피곤했는지 돌아오는 내내 차 안에서 잠을 잤어. 놀이공원에 사람들이 무척 많아서 차례를 기다리느라 놀이 기구는 많이 타지 못했지만 그래도 신나고 즐거웠어.

　다음에는 일 때문에 오늘 못 오신 아빠랑 같이 오기로 했어. 그때는 오늘 못 탄 놀이 기구도 꼭 탈 거야.

　다음번에는 너도 놀이공원에 데려오고 싶어서 안내하는 형한테 물어봤더니 강아지는 놀이공원에 데려오면 안 된대. 제리야, 나만 재미있게 놀아서 미안해. 그 대신 앞으로 내가 더 많이 놀아 줄게. 하루에 한 번씩 산책도 시켜 주고……. 약속해!

20○○년 ○월 ○일

너의 친구 슬찬이가

1. 다음은 글쓴이가 놀이공원에서 탄 놀이 기구들입니다. 글쓴이가 탄 순서대로 기호를 쓰세요.

> ㉠ 회전 바구니　　㉡ 범퍼카　　㉢ 공중에서 왔다 갔다 하는 큰 배
> ㉣ 회전목마　　㉤ 하늘 위를 달리는 기차

(㉠) → (　　) → (　　) → (㉢) → (　　) → (㉠)

 2. 놀이공원에 강아지를 데려가면 안 되는 까닭으로 알맞은 것은 무엇인가요?

(　　)

① 강아지가 놀이 기구를 탈 수 없어서
② 놀이공원을 강아지가 좋아할 수 있어서
③ 놀이공원을 이용하는 아이들이 강아지를 좋아해서
④ 놀이공원을 이용하는 사람들에게 강아지가 폐를 끼칠 수 있어서

3. 다음은 기행문의 마지막 부분입니다. 여러분이 글쓴이가 되어 밑줄 친 부분을 더 자세하게 써 보세요.

> 다음에는 일 때문에 오늘 못 오신 아빠랑 같이 오기로 했어.
> <u>그때는 오늘 못 탄 놀이 기구도 꼭 탈 거야.</u>

할머니 댁과 용문사를 다녀와서

5월 12일 토요일 날씨: 맑음

우리 가족은 오늘 아침 일찍 할머니 댁을 향해 출발했다. 다음 주 수요일이 할머니 생신이기 때문이다.

엄마는 할머니 생신 날짜가 평일이라서 토요일인 오늘 온 가족이 모여 생신 잔치를 하고, 내일은 할머니 댁 근처에 있는 용문사에 갈 거라고 하셨다.

아침 일찍 출발했는데도 고속 도로에서 길이 조금씩 막히기 시작했다. 아빠는 주말이라 나들이하는 사람들이 많은 모양이라고 말씀하셨다. 다행히 고속 도로를 빠져나오자 할머니 댁으로 가는 도로는 막히지 않았다. 우리 차는 할머니가 사시는 경기도 양평 용문을 향해 씽씽 달렸다.

오빠와 나는 신나게 노래도 부르고 끝말잇기 놀이도 했다. 창밖의 나무들이 어서 오라고 우리에게 손짓하는 것 같았다. 나를 무척이나 예뻐해 주시는 할아버지와 할머니를 만나러 가는 길은 항상 즐겁다.

※ **평일**: 토요일, 일요일, 공휴일이 아닌 보통 날.

분석력 1. 글쓴이가 가는 용문은 어느 '도'에 있는지 지도에서 찾아 기호를 쓰세요. (   )

이해력 2. 글쓴이는 신나는 마음을 보기 의 밑줄 친 문장처럼 표현했습니다. 이와 같이 사물을 사람에 빗대어 표현한 것은 어느 것인가요? (   )

보기
나뭇잎들이 바람에 흔들린다.
→ 나무들이 어서 오라고 우리에게 손짓하는 것 같다.

① 해는 따뜻한 난로이다.
② 해가 방긋 웃으며 우리를 맞아 주었다.
③ 저녁에 지는 해가 빨간 장미꽃처럼 보였다.
④ 새벽에 떠오르는 해를 보니 힘이 불끈 솟았다.

논술 3. 여러분이 여행을 다녀온 곳을 생각하며 처음 부분에 들어갈 다음 내용을 써 보세요.

(1) 여행 장소: ....

(2) 여행 동기: ....

(3) 여행을 함께 간 사람: ....

(4) 여행 방법: ....

(5) 여행에 대한 기대감: ....

....

4주 3일
학습 끝!

붙임 딱지 붙여요.

125

용문 시내에 도착하자 아빠는 빵집 앞에 차를 세우셨다.

"정은이하고 재혁이가 할머니 생신 케이크를 골라 보렴."

아빠가 여러 가지 케이크가 놓여 있는 냉장고 앞에서 말씀하셨다.

오빠와 나는 한참을 망설이다 고구마케이크를 골랐다. 사실 오빠와 내가 좋아하는 건 초코케이크인데, 오빠는 할머니께서 좋아하시는 걸로 고르자고 말했다. 오빠가 평상시와 달리 어른스럽게 느껴졌다.

엄마는 할머니 댁에 바로 가지 않고 식당에서 점심을 먹으며 생신 잔치를 할 것이라고 말씀하셨다. 식당에 도착하니 작은아빠 가족이 먼저 와 있었다. 내가 좋아하는 현서 언니를 보고 소리를 지르며 달려가자, 현서 언니도 큰 소리로 웃으며 달려왔다.

잠시 뒤 고모가 할머니와 할아버지를 모시고 오셨다. 우리는 모두 할머니를 위해 생신 축하 노래를 불렀다. 할머니가 좋아하시는 모습을 보니 나도 기뻤다.

1. 글쓴이와 오빠가 고구마케이크를 고른 이유는 무엇인가요? (   )

① 초코케이크보다 맛있어서

② 글쓴이가 고구마케이크를 좋아해서

③ 할머니가 고구마케이크를 좋아하셔서

④ 고구마가 영양이 풍부하고 맛이 좋아서

2. 오늘 모인 친척 중에서 고모는 누구를 가리키는 말인가요? (   )

① 아빠의 남자 형제　　　　　　② 아빠의 여자 형제

③ 엄마의 남자 형제　　　　　　④ 엄마의 여자 형제

3. 다음 보기 는 이 글의 내용을 정리해 놓은 것입니다. 여러분이 125쪽에 쓴 여행 장소에서 무엇을 보고 느꼈는지 빈칸에 써 보세요.

보기 다닌 곳	보거나 들은 것	생각하거나 느낀 것
용문 시내 빵집	• 여러 가지 케이크 • 할머니가 좋아하시는 케이크를 고르자는 오빠의 말	오빠가 평상시와 달리 어른스럽게 느껴졌다.
할머니 생신 잔치를 한 식당	• 생신 축하 노래를 부르는 우리 가족과 친척들의 모습 • 할머니가 좋아하시는 모습	할머니가 좋아하시는 모습을 보니 나도 기뻤다.

다닌 곳	보거나 들은 것	생각하거나 느낀 것

5월 13일 일요일 날씨: 맑음

어젯밤 현서 언니와 늦게까지 노느라 나는 늦잠을 잤다.

우리 가족은 할머니 댁에 오면 용문사 근처의 음식점에서 음식을 먹을 때도 있지만, 용문사에 있는 은행나무를 보러 갈 때가 더 많다. 양평 용문사 은행나무는 우리나라에서 가장 크고 오래된 은행나무로 천연기념물 제30호로 지정되어 있는 유명한 나무이다.

은행나무를 보려면 용문사 입구에서부터 꽤 걸어가야 한다. 하지만 걸어가는 길 양쪽에 서 있는 나무들이 마치 신하처럼 우리를 기다리고 맞이하는 것 같아서 걸어가는 길이 힘들지는 않았다.

양평 용문사 은행나무는 천 살이 넘었다고 한다. 할아버지의 할아버지, 그 할아버지의 할아버지보다도 나이가 훨씬 많은 나무이다. 특히 이 은행나무는 나뭇잎이 울창하고 줄기가 굵어서 넓은 마음과 따뜻한 품을 가진 우리 할아버지, 할머니 같다. 오늘도 오빠와 나는 은행나무를 두 팔 벌려 안았다.

1. 글쓴이 가족이 할머니 댁에 오면 용문사에 자주 가는 까닭은 무엇인가요?

(   )

① 용문사에서 절을 하기 위해서

② 용문사 은행나무를 보기 위해서

③ 용문사 근처 음식점을 가기 위해서

④ 용문사에 있는 여러 나무들을 보기 위해서

2. 용문사 은행나무는 천 살이 넘었습니다. 오래된 나무의 특징으로 맞으면 ◯표, 틀리면 ✕표 하세요.

⑴ 나뭇잎이 울창합니다. (   )

⑵ 나뭇잎이 많지 않습니다. (   )

⑶ 키가 작고 줄기가 가늡니다. (   )

⑷ 키가 크고 줄기가 굵습니다. (   )

3. 우리 집에 있는 식물이나 물건을 보기 처럼 가족이나 친구에 빗대어 표현해 보세요.

> 보기 · 양평 용문사 은행나무는 나뭇잎이 울창하고 줄기가 굵어서 넓은 마음과 따뜻한 품을 가진 우리 할아버지, 할머니 같다.

우리 집의 ....

....

....

　나는 예전에 용문사의 은행나무를 누가 심었는지 궁금해서 조사를 한 적이 있었다. 이 은행나무에 얽힌 전설은 두 가지가 있다.

　하나는 신라의 마지막 임금의 아들인 마의 태자가 심었다는 전설이다. 마의 태자가 나라를 잃은 슬픔을 안고 금강산으로 가다가 이곳에 은행나무를 심었다는 것이다. 다른 하나는 의상이라는 스님이 자신이 짚고 다니던 지팡이를 이곳에 꽂았는데, 나중에 이것이 은행나무가 되었다는 전설이다.

　나는 마의 태자가 은행나무를 심었다는 전설이 더 맞을 것 같다. 지팡이가 은행나무가 되었다는 건 아무래도 믿기 어렵기 때문이다.

　내가 엄마, 아빠처럼 어른이 될 때까지 이 은행나무가 있었으면 좋겠다.

　이번 여행은 할머니 생신 잔치도 하고, 현서 언니랑 놀기도 하고, 용문사 은행나무도 봐서 다른 여행보다 더 좋았다. 두 달 뒤 할아버지 생신 때에는 온천 여행을 간다고 하니 벌써부터 할아버지 생신이 기다려진다.

※ **의상**: 통일 신라 시대의 스님(625~702). 중국에 건너가서 부처의 가르침을 공부하고 우리나라에 돌아와 그 가르침을 전하며 많은 제자를 길러 냈다.

이해력 1. 양평 용문사 은행나무의 전설과 관계있는 마의 태자에 대해 바르지 <u>못하게</u> 설명한 친구는 누구인가요? (   )

 ① 나라를 잃은 왕자야.

 ② 임금이 되지 못한 왕자야.

 ③ 용문사를 지키는 신이 되었어.

 ④ 신라 마지막 임금의 아들 이야.

분석력 2. 다음 중 여행을 마친 느낌을 표현한 문장은 어느 것인가요? (   )

① 양평 용문사의 은행나무를 누가 심었는지 궁금했다.

② 내가 어른이 될 때까지도 이 은행나무가 있었으면 좋겠다.

③ 지팡이가 은행나무가 되었다는 것은 아무래도 믿기 어렵다.

④ 이번 여행은 할머니 생신 잔치도 하고, 현서 언니랑 놀기도 하고, 용문사 은행나무 도 봐서 다른 여행보다 더 좋았다.

논술 3. 기행문의 마지막 부분에는 여행을 마치고 난 뒤의 느낌이나 생각을 쓰는 것 이 좋습니다. 여러분이 127쪽에 쓴 여행 장소를 돌아보고 난 뒤 어떤 생각이나 느낌이 들었는지 써 보세요.

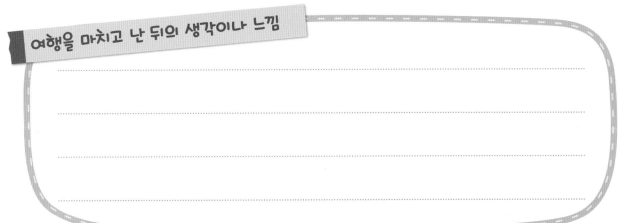

여행을 마치고 난 뒤의 생각이나 느낌

4주 4일 학습 끝!

붙임 딱지 붙여요.

1 기행문을 읽고 중요한 내용을 정리하는 방법으로 알맞지 <u>않은</u> 것은 어느 것인가요?

(   )

① 글쓴이가 다닌 곳에 따라 정리합니다.
② 글쓴이의 주장을 중심으로 정리합니다.
③ 글쓴이가 보거나 들은 것을 중심으로 정리합니다.
④ 글쓴이가 느끼거나 생각한 것을 중심으로 정리합니다.

2 기행문은 여러 가지 형식으로 쓸 수 있습니다. 앞에서 나온 글이 어떤 형식의 기행문인지 줄로 이으세요.

(1)

홍릉숲에 다녀와서

ㄱ 일기

(2)

놀이공원에 다녀와서

ㄴ 편지글

(3)

할머니 댁과 용문사를 다녀와서

ㄷ 생활문

3 기행문의 여러 형식 중 하나를 골라 앞에서 여러분이 정리한 내용(125쪽, 127쪽, 131쪽)을 이어서 한 편의 기행문으로 써 보세요.

궁금해요

여행의 추억이 담긴 기행문에 대해 알아봐요

1. 기행문이란 무엇인가요?

기행문은 여행을 하고 나서 쓴 글이에요. 여행을 하는 동안에 일어난 일이나 보고, 듣고, 생각하거나 느낀 것들을 여행의 과정이나 일정에 따라 적은 글이에요.

2. 기행문에는 어떤 내용을 써야 할까요?

(1) **처음**

- 여행 동기나 목적, 여행에 대한 기대감이나 호기심 등을 써요.
- 여행 경로나 여행지에 대해 미리 알아본 내용 등을 써요.
- 여행지에서 보고 싶거나 알아보고 싶은 것 등을 써요.
- 출발할 때의 날씨, 시간, 교통편과 특별한 일 등을 써요.

(2) **가운데**

- 여행지에 가면서 있었던 일을 써요.
- 여행지에서 본 것, 들은 것, 새롭게 알게 된 사실들을 써요.
- 여행지를 다니면서 느끼거나 생각한 것을 써요.

> 기행문은 여행 일정과 그곳에서 보고, 듣고, 생각하거나 느낀 점이 잘 드러나게 쓰는 것이 중요하구나.

(3) **끝**

- 여행을 마치고 나서의 생각이나 느낌을 써요.

3. 기행문을 잘 쓰려면 어떻게 해야 하나요?

- 여행지에 대한 사전 정보와 지식을 갖춰요.
- 여행지에서 있었던 일과 새로 알게 된 내용을 공책이나 수첩에 적어요.
- 여행지에서 얻은 자료를 잘 보관해요.
- 본 것과 들은 것에 대하여 생각하거나 느낀 점을 써요.

4. 기행문은 어떤 형식으로 쓰나요?

기행문은 일정한 틀이 없이 자유롭게 쓰는 글이에요. 기행문의 여러 가지 형식은 다음과 같아요.

(1) 생활문 형식

주로 어린아이들이 많이 쓰는 방식으로 아는 사람에게 이야기하듯 여행을 하며 보고, 듣고, 느낀 것을 써요.

(2) 일기 형식

여행하면서 그날그날 겪은 일, 보고 들은 일, 생각한 일 등을 날짜별로 써요. 여행 일정이 이틀 이상일 때 쓰면 좋아요.

(3) 편지글 형식

여행지에서의 경험이나 모습 등을 보여 주고 싶은 사람에게 편지글 형식으로 써요.

(4) 시 형식

여행하면서 보고, 듣고, 느끼거나 생각한 것을 리듬이 있는 말로 간결하게 표현해요. 행과 연으로 구별하여 써요.

(5) 보고서 형식

유적지나 전통문화를 자세히 조사하기 위한 형식으로, 설명하듯이 필요한 내용만 간단하게 써요.

기행문은 자유롭게 여러 가지 형식으로 쓸 수 있구나.

✏️ 다음 문장은 기행문의 처음, 가운데, 끝 중에서 어디에 넣으면 좋은지 쓰세요.

(1) 할머니 생신을 축하하러 할머니 댁에 가게 되었다. (   )
(2) 크고 굵은 은행나무를 안고 나무 냄새를 맡았다. (   )
(3) 이번 여행은 할머니 생신 잔치도 하고, 은행나무도 볼 수 있어서 정말 좋았다. (   )

내가 할래요

여행 계획을 세워 봐요

다음은 여러분의 친구가 여행하고 싶은 곳에 대해 계획을 세운 것입니다. 여러분도 이 계획표를 보고 여행 계획을 세워 보세요.

1. 어디로 여행을 가고 싶나요?

워터 파크

2. 어떤 교통수단을 이용하는 게 좋을까요?

아빠 자동차

3. 기간은 얼마 동안으로 잡아야 할까요?

여름 방학 중 하루

4. 누구와 함께 가나요?

엄마, 아빠, 동생

5. 여행을 떠나기 전에 준비해야 할 것은 무엇인가요?

수영복, 수영모, 물안경, 세면도구, 여벌 옷

6. 여행지에서 하고 싶은 일은 무엇인가요?

• 수영장에서 배운 수영도 하고, 물이 흐르는 미끄럼틀도 타고 싶어요.
• 물이 폭포처럼 쏟아지는 놀이 기구 아래에 서 있고 싶어요.
• 아빠와 누가 더 잠수를 잘하나 시합도 하고 싶어요.

확인할 내용	잘함	보통임	부족함
1. 이번 주 학습을 5일(월요일~금요일) 안에 끝마쳤나요?			
2. 기행문의 특징을 잘 이해했나요?			
3. 기행문을 구성하는 내용이 무엇인지 알고 있나요?			
4. 기행문을 쓸 수 있나요?			

1. 어디로 여행을 가고 싶나요?

_____

2. 어떤 교통수단을 이용하는 게 좋을까요?

_____

3. 기간은 얼마 동안으로 잡아야 할까요?

_____

4. 누구와 함께 가나요?

_____

5. 여행을 떠나기 전에 준비해야 할 것은 무엇인가요?

_____

6. 여행지에서 하고 싶은 일은 무엇인가요?

· _____

· _____

· _____

1주 하나의 빨간 모자

1주 11쪽 생각 톡톡

예 무섭고 두려워서 도망가고 싶을 것입니다.

1주 13쪽

1 (1) ○   2 ④   3 해설 참조

2 의생활은 입는 옷과 관련된 생활, 식생활은 먹는 일이나 음식과 관련된 생활, 주생활은 우리가 사는 집이나 사는 곳과 관련된 생활을 말합니다.

3 마네킹에게 입히고 싶은 옷이 무엇인지 생각해 보고 그려 봅니다.

1주 15쪽

1 (2) ○   2 ①   3 예 노래와 춤 솜씨를 뽐낼 것입니다.

2 거울에 비친 모습은 실제 모습과 좌우가 반대로 보입니다.

3 학예회는 개인이나 모둠, 반 전체의 장기를 여러 사람에게 보여 주는 행사입니다. 하나는 어떤 장기를 보여 줄지 생각해 봅니다.

1주 17쪽

1 ㉠ 빨간 모자   ㉡ 늑대   2 가엾다   3 예 내 방 정리는 내가 합니다. / 부모님과의 약속을 잘 지킵니다.

3 부모님을 도와드리는 일은 내 일을 스스로 하는 것과 부모님 말씀을 잘 듣는 것 등입니다.

1주 19쪽

1 ④   2 ③   3 예 배고픈 늑대라 해도 먹을 걸 줄 수는 없어. 배가 부르고 나면 우리를 잡아먹을 수도 있으니 안 돼.

2 다람쥐, 코끼리, 고래는 새끼를 낳는 동물이고, 바다거북은 알을 낳습니다.

3 배고픈 늑대에게 음식을 줄 것인지에 대한 내 생각을 씁니다.

1주 21쪽

1 ③   2 ②   3 예 "할머니, 그때는 제가 잘못했어요. 용서해 주세요." 늑대는 할머니에게 고개를 숙이며 용서를 구했어요. 할머니는 늑대가 진심으로 반성하자 용서해 주었답니다.

1 '혼쭐이 나다'는 시련을 당하거나 좋지 않은 느낌을 참느라 아주 힘이 들었다는 뜻입니다.

3 자기에게 잘못했던 사람을 다시 만나면 어떻게 행동할지를 생각해 보면서 뒷이야기를 자연스럽게 이어 씁니다.

1주 23쪽

1 ㉠ 마법   ㉡ 궁전   ㉢ 공주   2 예 나도 데려가 줄래?   3 예 지난번 토요일에 동생이 엄마 화장품을 갖고 놀다가 깨뜨렸는데, 엄마께 동생이 혼날까 봐 제가 깼다고 거짓말을 했습니다.

3 늑대를 구해 주려는 하나의 거짓말을 '선의의 거짓말'이라고 합니다. 착한 마음으로 한 거짓말이 있었는지 생각해 봅니다.

1 ① **2** (1) ○ (2) ○ (3) X (4) ○ **3** 예 왕자가 공주의 마법을 풀려고 유리관을 흔들기도 하고 궁전 안에 있는 책도 읽다가, 마지막에 공주에게 입맞춤을 해서 마법을 풀고 공주와 결혼을 할 것입니다.

2 유리는 투명하고 단단하며 잘 깨지는 성질이 있습니다.

3 왕자가 공주에게 걸린 마법을 스스로 해결할 경우와 그렇지 않을 경우 등을 생각하며 자유롭게 상상해 봅니다.

1 ④ **2** (1) 노년기 (2) 아동기 **3** 예 비록 공주님이 할머니가 되었지만, 공주님의 마음은 보지 않고 겉모습만 보고 도망친 왕자님은 정말 실망이야.

3 공주의 마음이 아닌 겉모습만 본 왕자의 모습에 대해 생각해 봅니다.

1 ① **2** (1) X (2) X (3) X (4) ○ **3** 예 인정이 많은 / 배고픈 늑대에게 먹을 것을 주었기

2 토끼는 포유류, 자라는 파충류입니다.

3 하나의 말과 행동으로 성격을 파악해 봅니다.

1 ㉠ 용왕 ㉡ 토끼 ㉢ 간 ㉣ 자라 **2** ④ **3** 예 자기의 간을 빼앗으려고 거짓말을 한 못된 동물입니다.

3 자라가 토끼의 간을 얻기 위해 토끼를 속였다는 것을 알았을 때, 토끼는 어떤 마음이 들었을지 생각해 봅니다.

1 ④ **2** ㉡ **3** 예 감기에 걸려서 약을 먹고 있는 중이라 지금은 간이 건강하지 않다고 말하고, 간이 건강해지면 그때 간을 드리겠다는 거짓말을 하여 이 상황에서 벗어날 것입니다.

1 '입에 쓴 약이 병에는 좋다.'는 충고는 듣기 싫어도 받아들여야 이롭다는 뜻입니다. '고래 싸움에 새우 등 터진다.'는 남의 싸움에 상관도 없는 약한 자가 중간에서 피해를 입게 된다는 뜻입니다.

2 ㉠은 식도, ㉢은 위, ㉣은 작은창자입니다.

3 용궁 속 동물들을 속이고 육지로 다시 돌아올 수 있는 방법을 생각해 봅니다.

1 ② **2** ② **3** 예 (1) 콩쥐와 팥쥐의 집 (2) 콩쥐의 새엄마와 팥쥐에게 콩쥐를 괴롭히지 말라고 얘기해 주고 싶기 때문입니다. 또 콩쥐가 힘든 일을 하면 옆에서 도와주고 싶기도 합니다.

3 내가 읽었던 동화책 중에서 여행하고 싶은 동화 속 장소나 감동받았던 장면을 떠올려 봅니다.

1주 36~37쪽 되돌아와요

1 예 (2) 하나는 숲속에서 배고픈 늑대를 만났습니다. (3) 하나와 할머니는 늑대가 배고픈 이유에 대해 들었습니다. (4) 하나는 마법에서 풀린 공주를 위로해 주었습니다. (5) 하나는 용궁에서 빨간 모자를 빼앗길 뻔했습니다. (6) 하나는 꿈에서 깬 뒤 빨간 모자를 사서 집으로 돌아왔습니다. **2** 예 (1) "이럴 수개! 아름다운 공주가 할머니로 변했어." (2) 사람을 겉모습만 보고 판단합니다. 생각이 짧습니다. (3) "넌 궁금한 게 참 많은 아이구나. 난 바빠서 이만." (4) 상냥하지 않습니다. 성격이 급합니다. **3** 예 20○○년 ○월 ○일 날씨 : 맑음 / 제목 : 상상 여행 / 오늘 엄마와 백화점에 갔다가 깜빡 잠이 들었다. 꿈속에서 늙고 배고픈 늑대를 만나고, 잠자는 숲속의 공주도 만나고, 용궁에도 다녀왔다. 꿈속의 상상 여행이었지만 정말 재미있었다. 새로 산 빨간 모자도 무척 마음에 든다.

1 글의 전체 내용을 파악할 수 있도록 핵심 내용을 간단하게 씁니다.

3 일기는 자기 생활의 기록으로 하루의 일과 중 인상 깊거나 마음에 남는 일을 씁니다.

1주 39쪽 궁금해요

✏️ 예 (1) Why 시리즈 (2) 과학을 이해하기 쉽게 만화로 만들어서 재미있었습니다.

1주 41쪽 내가 할래요

예 그림 이야기 : 하나는 땅속으로 여행을 떠나서 신나게 놀았습니다.

● 어디로 여행을 가면 재미있을지 상상해서 그려 봅니다.

2주 15소년 표류기

2주 43쪽 생각 톡톡

예 무섭고 막막할 것입니다. / 걱정이 되지만 한편으로는 자유로운 느낌이 들 것입니다.

2주 45쪽

1 ③ **2** 뉴질랜드 **3** 예 겁내지 말고, 주위에 도움을 요청할 어른이 있는지 찾거나, 휴대 전화가 있으면 휴대 전화로 부모님이나 어른에게 도움을 구합니다.

1 '표류하다'는 물 위에 떠서 정한 곳 없이 흘러간다라는 뜻입니다.

2 이 글은 뉴질랜드의 체어맨 기숙 학교에 다니는 아이들이 주인공입니다.

3 부모나 어른이 없을 때 위험한 일이 생기면 당황하지 말고 도움을 받을 수 있는 다른 방법을 찾습니다.

2주 47쪽

1 ④ **2** ④ **3** 예 무인도에 갈 때 반려동물, 텐트, 성냥을 가져가고 싶습니다. 성냥으로 따뜻하게 불을 피우고, 텐트에서 잠을 자고, 혼자 있어도 외롭지 않게 반려동물이 필요하기 때문입니다.

2 대부분의 무인도는 육지와 연결되어 있지 않고 바다 위에 홀로 떠 있습니다.

3 아무도 없는 무인도에서 무엇을 먹고, 어떻게 생활하면서 지낼지 생각해 봅니다.

2주 49쪽

1 ③   2 ①   3 **예** 나는 노래와 춤을 잘 추므로 무인도 생활이 힘들거나 우울할 때 노래를 부르고 춤을 춰서 아이들을 즐겁게 해 주겠습니다.

1 '탐험'은 위험을 무릅쓰고 어떤 곳을 찾아가서 살펴보고 조사한다는 뜻입니다.

3 내가 좋아하는 일이 무엇이고 그것을 통해 다른 아이들에게 어떤 도움을 줄 수 있는지 생각해 봅니다.

2주 51쪽

1 ①   2 해설 참조   3 **예** 섬에 먹을 수 있는 음식이 있는지 찾아봅니다.

1 탐험대는 사람이 살던 마을을 발견하지는 않았습니다.

2 '불행'은 행복하지 않다는 의미입니다.

3 무인도에서 가장 필요한 것이 무엇인지 생각해 보고 그에 맞는 일을 찾아서 합니다.

2주 53쪽

1 ②, ④   2 ②   3 **예** 엄마, 아빠 방 – 나와 내 동생이 모두 같이 잘 수 있도록 넓히고 싶습니다.

1 소년들이 모두 지낼 수 있도록 동굴을 넓히고, 짐도 옮겼습니다.

2 동굴에서 잠을 자거나 쉴 수는 있지만 먹을 음식을 구할 수는 없습니다.

3 넓히고 싶은 장소의 이름과 이유를 자세히 씁니다.

2주 55쪽

1 (1) ○   (2) ○   (3) ○   (4) X   2 ②   3 **예** 내 방 – 꿈이 자라는 곳 / 할머니 방 – 이야깃주머니

2 우리나라 대통령의 임기는 5년입니다.

3 우리 집에 있는 여러 공간의 특징을 생각하여 의미가 담겨 있으며 재미있고, 창의적인 이름을 붙여 봅니다.

2주 57쪽

1 ③   2 ①   3 **예** · 소금을 얻기 위해 바닷물을 모아 햇볕에 말립니다. / · 과일을 따서 햇볕에 잘 말린 뒤 저장해서 먹습니다.

2 단맛이 나는 즙을 얻을 수 있는 나무는 은행나무가 아니라 은단풍입니다.

3 사람이 살아가는 데 꼭 필요한 것을 구하기 위해서 어떻게 해야 하는지 생각해 봅니다.

2주 59쪽

1 (1) ㉃   (2) ㉠   (3) ㉢   2 ④   3 **예** 동생 대신 소년들에게 찾아가 사과를 할 것입니다. 그리고 동생에게 소년들 앞에서 잘못을 말하고 용서를 빌라고 할 것입니다.

2 자크는 자기의 잘못으로 배가 표류하게 되자 미안해서 섬에서는 혼자 지냈습니다.

3 잘못을 한 동생을 둔 브리앙의 마음을 생각하며, 다른 소년들에게 미안한 마음을 표현할 수 있는 방법을 생각해 봅니다.

2주 61쪽

1 ④   **2** ②   **3** 예 대통령을 뽑아야 한다: 여러 사람의 의견을 하나로 모으고 생활을 이끌어 갈 사람이 필요하기 / 대통령을 뽑을 필요가 없다: 각자 맡은 일을 열심히 하고, 서로 도우면서 생활하면 대통령이 필요 없기

1 드니팬은 브리앙이 대통령이 된 것이 못마땅해서 동굴을 떠났습니다.

2 다른 사람과 함께 살아가려면 서로를 배려하고 존중하는 마음을 지녀야 합니다.

3 대통령의 역할을 떠올리며 소년들에게 대통령이 필요한지에 대해 생각해 봅니다.

2주 63쪽

1 (1) ㉡, ① (2) ㉠, ② **2** ①, ②, ④ **3** 예 쓰나미가 덮쳤지만 높은 곳으로 대피한 마을 사람들은 구사일생으로 목숨을 구했습니다.

1 브리앙과 드니팬 일행은 숲과 해변가에서 무인도에 새로 도착한 사람들을 만났습니다.

2 이웃이나 친구들과 도움을 주고받으면 어려운 일도 함께 해결할 수 있고, 더 친해지고 마음도 든든해집니다.

3 '구사일생'을 넣어 어울리는 문장을 만들어 봅니다.

2주 65쪽

1 ④   **2** ③   **3** 예 브리앙, 드니팬을 구하려고 재규어와 싸우다니 정말 대단하구나. 나도 너처럼 친구에게 위험한 일이 생기거나 도움이 필요할 때는 꼭 도와주기로 마음먹었어. 앞으로도 드니팬과 사이좋게 지내길 바랄게.

3 브리앙의 행동이 어떤 가치가 있는지 생각해 봅니다.

2주 67쪽

1 17, 1   **2** 해설 참조   **3** 예 친구들과 힘을 모아서 어려운 모둠 과제를 해결했습니다.

2

3 가족이나 친구 등 여러 사람이 힘을 모아서 어려운 일을 해낸 경험을 생각해 봅니다.

2주 68~69쪽   되돌아봐요

1 ①, ②, ⑥ **2** (1) ㉡ (2) ㉠ (3) ㉢ **3** 예 드니팬, 브리앙을 질투했지만 나중에 잘못을 인정하고 사과했기 때문입니다.   **4** (6)→(1)→(4)→(5)→(3)→(2)→(7)   **5** 해설 참조

1 무인도에 도착한 소년들은 지낼 곳과 먹을 것을 직접 구하면서 차츰 섬에 적응했습니다. 드니팬과 브리앙은 재규어 사건 이후로 화해했습니다.

3 등장인물의 성격과 행동을 살펴보고 마음에 드는 인물에 대해 씁니다.

5

손재주가 좋음. / 성실하고 꼼꼼함. / 식사를 준비함.

친구들과 어울리지 못함. / 브리앙을 미워하고 시기함. / 어린아이들에게 인기가 많음.

2주 71쪽　　궁금해요

✏️ **예** 외로움과 무서움을 이겨 낼 강인한 마음과 편히 쉬고 잠잘 수 있는 곳을 찾는 게 가장 중요합니다.

● 무인도에서 살아남기 위해서 필요한 정신력과 생활력을 생각해 봅니다.

2주 73쪽　　내가 할래요

● **예** 〈브리앙의 일기〉

5월 25일 날씨 : 맑음.

　이 섬은 5월이 되면서부터 겨울 날씨가 되었다. 날이 너무 추워서 밖에서 생활할 수 없는 날들이 많았다. 추운 겨울이 빨리 지나갔으면 좋겠다.

6월 10일 날씨 : 흐림.

　체어맨섬에 와서 두 번째 대통령 투표를 했다. 자크의 실수 때문에 내가 대통령이 되면 안 된다고 생각했다. 그러나 자크를 대신해서 잘못을 비는 마음으로 대통령이 되어 더 열심히 일하기로 마음먹었다.

● 무인도에 도착한 소년의 마음으로 일기를 씁니다.

3주 갯벌 탐사 여행

3주 75쪽　　생각 톡톡

예 갯벌이 무척 넓고, 밟으면 발이 폭폭 들어갈 것 같아요.

3주 77쪽

1 ①　2 ②　3 **예** 여행지에서 본 것이나 느낀 점 등을 쓸 메모지를 준비합니다.

1 서해는 서쪽에 있는 바다입니다.

2 갯벌은 바닷물이 드나드는 그 주변의 넓은 땅을 말합니다.

3 여행지에 대해 미리 조사하고, 여행에 필요한 준비물을 미리 챙겨 두면 훨씬 재미있는 여행을 할 수 있습니다.

3주 79쪽

1 ③　2 ①, ③　3 **예** 옷이 젖었을 때 갈아입을 수 있는 옷을 준비합니다. / 손을 보호하기 위해서 면장갑을 준비합니다.

1 '약'은 '대강, 대략'의 뜻으로, 그 수량에 가까운 정도를 나타내는 말입니다. 우리나라 갯벌 전체의 넓이는 서울 넓이의 네 배쯤 되는 것이지, 네 배와 똑같지는 않습니다.

2 갯벌은 바닷물이 들어오는 밀물 때는 보이지 않다가, 바닷물이 빠지는 썰물 때 나타나는 땅입니다.

3 갯벌 체험을 할 때에는 갈아입을 옷과 면장갑, 양말, 장화, 모자 등을 준비하는 것이 좋습니다.

3주 81쪽

1 ② 2 ㉠ → ㉢ → ㉣ → ㉡ 3 예 어린이가 자라서 어른이 되는 것

3 오랜 시간이 지나야만 이룰 수 있거나 할 수 있는 일이 무엇인지 생각해 봅니다.

3주 83쪽

1 ④ 2 펄 갯벌 3 예 갯벌의 종류가 세 가지나 돼. 미끈미끈 고운 개흙이 있는 펄 갯벌과 모래로 이루어져 있는 모래 갯벌, 모래와 개흙이 섞여 있는 혼성 갯벌이 있어.

2 모래 갯벌은 바닷물의 흐름이 빠른 곳에 주로 나타납니다.

3 앞의 문장으로 보아 갯벌의 종류에 대해 알게 된 내용입니다.

3주 85쪽

1 (1) 개량조개, 가리맛조개, 바지락, 동죽, 꼬막 (2) 농게, 달랑게, 방게 2 게, 개 3 예 갯벌에 살면 친구들이 많아서 좋아요.

1 조개는 몸의 양쪽이 같고 좌우로 납작하며, 둘 또는 하나의 껍데기와 외투막으로 덮여 있습니다. 게는 윗면이 한 장의 등딱지로 덮여 있고 다섯 쌍의 발 중 한 쌍은 집게발입니다.

3 갯벌의 좋은 점에 대해 생각해 봅니다.

3주 87쪽

1 (1) ○ (2) X (3) X (4) ○ 2 ③ 3 예 음식 쓰레기를 물에 함부로 버리지 않습니다.

2 말뚝망둑어는 물고기입니다.

3 갯벌을 지키기 위해서는 갯벌을 오염시키는 물질을 최대한 적게 써야 합니다. 물을 적게 쓰는 것도 물을 오염시키지 않는 방법 중 하나입니다.

3주 89쪽

1 ④ 2 (1) ㉡ (2) ㉠ (3) ㉢ 3 예 염생 식물은 소금기가 있는 땅에서도 잘 자라지만, 일반 식물은 소금기가 있는 땅에서는 잘 자라지 못합니다.

3 염생 식물이 무엇인지 알고, 일반 식물과의 차이점을 생각해 봅니다.

3주 91쪽

1 ③ 2 ③ 3 예 갯벌이 없어지면 갯벌에서 사는 물고기들도 없어집니다.

2 밀물과 썰물은 주로 바다에서 일어납니다.

3 갯벌은 수많은 생물들이 살고 있는 곳이고, 물새들이 먹이를 얻는 곳이며, 사람들의 일터입니다.

3주 93쪽

1 ① 2 서해안 3 예 전시관 안에서 큰 소리로 떠들지 않습니다. / 전시관 안에서 돌아다니며 음식을 먹지 않습니다.

1 바다의 깊이가 깊은 곳에서는 갯벌이 거의 만들어지지 않습니다.

3 공공장소에서 해서는 안 될 행동이 무엇인지 생각해 봅니다.

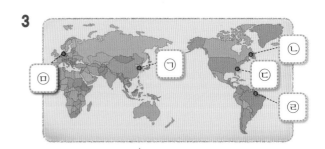

3주 95쪽

1 ③　2 ④　3 예 우리나라 갯벌의 진흙은 피부 미용에 좋습니다.

3 우리나라 갯벌은 바다의 밑바닥이 하루에 두 번씩 드러나는 세계적으로 흔치 않은 자연 경관을 가지고 있으며, 다양한 생물들이 삽니다.

3주 97쪽

1 ①　2 ①　3 해설 참조

1 간척 사업으로 땅이 넓어진 것은 농사를 더 지을 수 있기에 좋은 점입니다.

3 갯벌은 사람들의 생활 터전이에요.

갯벌은 우리 일터예요.

3주 99쪽

1 ①, ④　2 ②　3 예 바닷물이 들어오는 시각을 모르면 갯벌에서 놀고 있을 때 갑자기 바닷물이 들어와서 갯벌을 빠져나오지 못해 위험할 수 있기 때문입니다.

3 갯벌은 바닷물이 들어오고 나가는 곳입니다. 그러므로 꼭 바닷물이 들어오는 시각을 알고 있어야 하고, 바닷물이 들어오기 전에 갯벌에서 나와야 합니다.

3주 100~101쪽　**되돌아봐요**

1 강아지, 가자미, 장미　2 해설 참조　3 해설 참조　4 ①

2

			①갯
②혼	성	갯	벌
③바	지	락	
지			

3

3주 103쪽　**궁금해요**

✏ 예 갯벌에서 해산물을 캐어 생활합니다. / 갯벌을 관광지로 만들어 관광객들을 끌어들입니다. / 갯벌을 체험 학습장으로 이용하고 있습니다.

3주 105쪽　**내가 할래요**

● 예 세계적인 갯벌을 보러 오세요!
한국의 갯벌에는 아름다운 경치가 있습니다. 한국의 갯벌에는 아름다운 생물들이 있습니다. 세계적으로 아름다운 한국의 갯벌을 보러 오세요.

● 우리나라를 잘 모르는 외국인에게 우리나라 갯벌의 특성과 갯벌에서 할 수 있는 일 등을 재미있고 흥미롭게 소개합니다.

4주 기행문을 써 봐요

예 강원도 스키장에서 함박눈을 맞으며 스키를 탔던 일이 가장 기억에 남습니다.

1 ①   2 ③, ④   3 예 (1) 홍릉숲   (3) 아빠 차로 집에서 한 시간 정도 걸렸다.   (4) 얼마나 많은 꽃과 나무가 있는지 보고 싶어서 마음이 설레었다.

2 여행지에 대해 미리 조사하면 사전 지식과 정보를 알고 있어 현장에서 더 자세하게 구경하여 시간을 알차게 보낼 수 있습니다.

3 기행문의 처음 부분에는 여행 장소와 여행을 가는 과정, 동기나 목적, 여행에 대한 기대와 호기심 등이 드러나야 합니다.

1 ②   2 ④   3 예 (1) 오솔길   (2) 나무로 만든 악기   (3) 명성 황후를 생각하니 마음이 아팠다.

2 나무 그늘이 있다는 것은 햇빛이 들어오지 않는다는 의미이므로 그만큼 나뭇잎들이 울창했다는 사실을 알 수 있습니다.

3 기행문의 가운데 부분에는 여행지에서 새롭게 본 것, 들은 것, 알게 된 사실, 느낀 점 등을 주로 씁니다. 홍릉숲에서 글쓴이가 한 행동이나 생각을 살펴봅니다.

1 꽃   2 ②   3 예 홍릉숲에 가기 전까지는 나무를 시시하게 생각했는데, 홍릉숲을 다녀오고 나서는 나무와 같은 식물이 소중한지 알았다. 다음에 가게 되면 나무, 풀, 꽃 등의 모습을 사진으로 찍어서 관찰 일지를 써야겠다.

2 숲에 쓰레기를 버리면 꽃과 나무에게 피해를 주고 관람객들이 숲을 깨끗하게 관람할 수 없습니다.

3 홍릉숲 여행을 마치고 글쓴이가 한 생각이나 느낀 점을 찾아봅니다.

1 ②   2 (1) ㄴ   (2) ㄷ   (3) ㄱ   3 예 가슴이 콩닥콩닥 뛰었다.

3 모양이나 소리를 흉내 내는 말을 '의태어', '의성어'라고 합니다. 문장에 어울리는 의성어나 의태어를 찾아봅니다.

1 ④   2 코알라처럼 귀여운   3 예 제리는 집에 두고 자기만 신나게 놀이 기구를 타는 게 마음에 걸려 함께 놀고 싶은 마음에 제리 생각이 났을 것입니다.

2 '내 동생'을 꾸며 주는 말로 문장을 바꾸어야 합니다.

3 제리에 대한 글쓴이의 마음을 생각해 보면 알 수 있습니다.

1 ①　**2** ①　**3** 예 롤러코스터를 타면 심장이 터질 것처럼 짜릿합니다.

1 회전목마는 원판 위에 설치한 목마에 사람을 태워 빙글빙글 돌리는 놀이 기구입니다.

3 놀이 기구를 탔을 때의 느낌을 자세하고 실감 나게 표현해 봅니다.

1 ④　**2** (1) ㉠　(2) ㉢　**3** 예 사실: 학교에서 수학 시험을 보았습니다. / 생각이나 느낌: 나 대신 로봇이 시험을 보면 좋겠다고 생각했습니다.

3 실제로 있었던 사실과 그에 따른 생각이나 느낀 점을 구분하여 씁니다.

1 (㉠) → ㉣ → ㉡ → (㉢) → ㉤ → (㉠)　**2** ④
3 예 그때는 엄마랑 이모가 무서워서 못 탔던 다람쥐 통 놀이 기구를 꼭 탈 거야. 엄마가 나 혼자만 타는 것은 안 된다고 하셔서 탈 수 없었거든. 아빠는 나와 다람쥐 통을 타 주실 거야. 아빠랑 놀이공원에 놀러 가는 날이 빨리 왔으면 좋겠다.

2 놀이공원에 반려동물을 데려오면 질서와 환경에 좋지 않은 영향을 줄 수도 있고, 반려동물에 대한 사람들의 생각이 다를 수도 있기 때문입니다.

3 글의 내용을 되돌아보며 생각이나 느낌을 더 자세하게 씁니다.

1 ㉠　**2** ②　**3** 예 (1) 강릉 경포대　(2) 아빠, 엄마 결혼기념일이라서　(3) 외할머니, 외할아버지, 엄마, 아빠, 나　(4) 자동차를 타고 갔다.　(5) 수영도 하고, 조개껍데기를 모을 생각에 가슴이 설레었다.

1 용문은 경기도 양평에 있습니다.

3 예전에 갔던 여행 중에서 기억에 남는 곳을 떠올려 봅니다.

1 ③　**2** ②　**3** 해설 참조

2 고모는 아빠의 누나나 여동생입니다. 아빠의 형은 큰아버지, 아빠의 남동생은 작은아버지입니다. 엄마의 남자 형제는 외삼촌, 엄마의 여자 형제는 이모입니다.

3

다닌 곳	보거나 들은 것	생각하거나 느낀 것
바닷가	• 수영하는 사람들 • 깊은 곳에 들어가지 말라는 엄마의 말	모래밭에 조개껍데기가 많아서 발이 아팠다.
수산 시장	• 여러 물고기 • 물고기가 싱싱하다는 상인들의 말	어디에서, 누가 잡아 온 물고기인지 궁금했다.

1 ②　**2** (1) ○　(2) X　(3) X　(4) ○　**3** 예 고무나무가 싱싱하게 잘 크는 것이 날마다 무럭무럭 자라는 내 동생 같다.

3 식물이나 물건의 모습을 가족이나 친구의 모습과 비교하여 표현해 봅니다.

---

1 ③ **2** ④ **3** 예 이번 여행은 바닷가에서 수영도 하고 조개껍데기도 많이 모아서 행복했다. 다음에는 겨울 바다를 보러 온다고 하니 여름 바다를 기억해 두었다가 겨울 바다와 비교해 봐야겠다.

1 마의 태자는 신라가 고려에게 항복하자 금강산으로 들어가서 풀뿌리와 나무껍질을 먹으면서 남은 인생을 살았다고 합니다.

3 여행을 마치면 여행에서의 경험을 정리해서 생각이나 느낌을 씁니다.

---

1 ② **2** (1) ⓒ (2) ⓛ (3) ㉠ **3** 예 강릉 경포대를 다녀와서! / 엄마, 아빠 결혼기념일에 우리 가족은 강릉 경포대에 다녀왔다. 경포대 바다 색이 얼마나 파란지 보고 싶었다. 떠나는 날 아침에 비가 와서 실망했지만 경포대의 바다를 보니 실망감이 사라졌다. 수영도 하고 조개껍데기도 주우며 즐거운 시간을 보냈다. 다음 날, 집으로 돌아오면서 아빠는 이번 겨울에 다시 와서 겨울 바다를 구경하자고 하셨다. 겨울 바다는 여름 바다와 어떻게 다를지 벌써부터 기대가 된다.

1 글쓴이의 주장을 중심으로 정리해야 하는 글은 주장하는 글입니다.

2 기행문의 형식에는 이외에도 시나 보고서 형식이 있습니다.

---

3 여행하기 전의 기대, 여행하면서 새롭게 알거나 보고 들은 것, 여행을 마치면서 생각하거나 느낀 점이 잘 드러나도록 씁니다.

✏️ (1) 처음 (2) 가운데 (3) 끝

● 기행문의 처음과 가운데, 끝 부분에 어떤 내용을 써야 하는지 생각해 봅니다.

● 예 **1** 동물원 **2** 지하철 **3** 다음 주 토요일 하루 **4** 할머니, 엄마, 아빠 **5** 도시락, 돗자리, 카메라, 수첩과 연필 **6** 동물 사진을 많이 찍고 싶어요. / 동물의 특징에 대해 수첩에 적어서 친구들 앞에서 발표하고 싶어요. / 사파리 버스를 타고 사자와 호랑이를 구경하고 싶어요.

● 여행을 가기 전에 여행 계획을 자세하고 꼼꼼하게 세우면 여행이 더 즐겁고 재미있습니다.

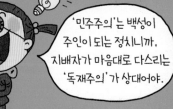